Ulrich Krumin

legt hier seinen zweiten historischen Roman vor.

Er sieht das als einen Beitrag zu der laufenden Diskussion zum hundertsten Jahrestag des Beginns des Ersten Weltkriegs.

Er übt deutliche Kritik an den damals Verantwortlichen: Die Erinnerungen eines kaiserlichen Offiziers schildern die Betroffenheit, die schicksalshafte Verstrickung und die Versuche, sich daraus zu befreien.

Kolonien, Südsee, Chile, Nazi-Deutschland von außen, 1968, 1989 ... - Stationen deutscher Geschichte der letzten hundert Jahre.


Ulrich Krumin hat im selben Verlag auch seinen ersten Roman veröffentlicht:

**Die Konferenz**

oder **Wie Markus zu seinem Evangelium kam**

Ich glaube nicht, dass Preußen sich zur Bildung einer Kriegsmarine entschließen darf. Mehrere Staaten Europas, England, Frankreich, Spanien, Dänemark, Russland haben große Flotten. Da wir ihnen nie gleichkommen können, wäre die Ausgabe unnütz.

Zudem müssten wir der Kosten wegen Landtruppen entlassen.

Und außerdem führen Seeschlachten nur selten eine Entscheidung herbei.

Friedrich II. von Preußen in einem seiner Testamente

# Ulrich Krumin

# SMS Münster

## Ein Marine-Offizier erinnert sich

**Hundert Jahre 1. Weltkrieg**

Historischer Roman

© 2014 Ulrich Krumin

Mitwirkende: Alla Bulgakova

Verlag: tredition GmbH, Hamburg

- ISBN: : 978-3-8495-8327-9

Printed in Germany

Bibliografische Information der Deutschen Nationalbibliothek:
Die Deutsche Nationalbibliothek verzeichnet diese Publikation in der Deutschen Nationalbibliografie; detaillierte bibliografische Daten sind im Internet über http://dnb.d-nb.de abrufbar.

# 1

Vor einiger Zeit bekam ich ein Manuskript in die Hände.

Das gab mir Karin, die Frau meines verstorbenen Freundes Stefan. Stefan und ich kannten uns seit unserer Studentenzeit und blieben über Jahrzehnte verbunden.

Eines Tages stellte man bei ihm eine schwere Krankheit fest. Er kämpfte lange dagegen an, verstarb aber schließlich im Jahre 2003.

Ich bin Pfarrer im Ruhestand. So bat mich seine Frau, mich um die Beerdigung zu kümmern. Kurz vor seinem Tode hatte ihr Stefan dazu geraten.

In den sechziger Jahren studierten wir beide in Westberlin, er an der FU, also an der Freien Universität, Germanistik, ich Theologie an der Kiho, wie wir als Studenten von unserer Kirchlichen Hochschule redeten.

Ich erinnere mich noch genau an unseren ersten gemeinsamen Abend. Das war am 22. November 1963. Der Philosoph Professor Weisschädel und der Theologe Professor Gollwitzer wechselten sich ab bei einer Vorlesungsreihe über philosophisch-theologische Fragen.

Am Ende der Vorlesung dieses Tages gab ein Sprecher bekannt, dass der amerikanische Präsident Kennedy gerade ermordet worden war.

Kennedy hatte wenige Wochen zuvor Westberlin besucht. Das war von den Medien stark beachtet worden („Ich bin ein Berliner").

Die Hörer dieses Abends waren tief erschüttert. Statt gleich nach Hause zu gehen, setzten sich manche noch in ein Lokal, um den unbegreiflichen Gegensatz zu diskutieren, den Gegensatz zwischen geistvollen, klugen Abwägungen philosophisch-moraltheologischer Art auf der einen Seite und dagegen das reale, brutale Zeitgeschehen.

Was vermögen durchdachte und sorgfältig abgewogene politische Thesen gegen eine Gewalttat, die aus den Läufen irgendwelcher Scharfschützen-Gewehre kommt?

Bereits Stefans erste Äußerungen machten mir ihn sympathisch.

Ich verwende hier nur den Vornamen, den wir damals untereinander gebrauchten. Wir waren die mehr oder weniger typischen 68er, voller Kritik an den Zuständen, die wir vorfanden. Wir wollten uns in unserem Leben einsetzen für bessere, vor allem gerechtere Zeiten.

Wenn man nicht im SDS Mitglied war, so kannte man doch Kommilitonen, für die das zutraf. Auch andere studentische Organisationen stimmten damals der Parole zu „Unter den Talaren der Muff von tausend Jahren".

Ich wurde später Gemeindepfarrer in Westberlin, mein Freund Journalist in unterschiedlichen Arbeitsbereichen, zuletzt bei einer Zeitung, die auf ihre bürgerliche Zuordnung großen Wert legt. Stefan war in allen Jahren seiner journalistischen Tätigkeit immer sehr vorsichtig darin, das zu veröffentlichen, was ihn in irgendwelche „linken" Missverständnisse hätte bringen können.

Während ich jahrelang neben der „FAZ" und dem „Tagesspiegel" zu meiner besseren Information auch die „Wahrheit", die Tageszeitung der Westberliner SEW, also das Organ der Westberliner kommunistischer Partei, abonniert hatte, traute Stefan sich nicht, gelegentlich ein „Neues Deutschland" oder ähnliches in die Hand zu nehmen – er ging fest davon aus, dass der Verfassungsschutz die Abonnenten und interessierten Leser „linksradikaler" Blätter feststellen würde und diese Erkenntnisse an die jeweiligen Chefs weitergäbe.

So tat er sich bereits schwer mit den „Extradienst", einem Westberliner Blättchen der 68er um das Jahr 1970.

Stefan und mich verband in der Studienzeit die Kritik am Vietnamkrieg. Daraus folgte für uns eine deutliche Distanzierung von den USA und allem, was bis in die Kultur hinein von dort vertreten wurde. Das geschah zu einer Zeit, als alle Westberliner Offiziellen die USA und ihre Politik – wo auch immer in der Welt – nicht laut genug loben konnten.

Dazu kam die Auseinandersetzung um die Notstandsgesetze – die weitere Geschichte der Bundesrepublik hat glücklicherweise bisher keine der von den „Linken" gegen diese Gesetze vorgebrachten Befürchtungen Wirklichkeit werden lassen.

Aber unsere Generation war – und ist! – empfindlich gegenüber jeder Form von staatlicher Bevormundung.

Nachdem Stefan an seiner Krankheit verstorben war und wir ihn beerdigt hatten, sprach mich Karin, seine Frau und nunmehrige Witwe, erneut an. Sie hatte begonnen, seine Hinterlassenschaft aufzuräumen. So gab sie mir ein Paket, etwa hundert Schreibmaschinen-Seiten, gelegentlich handschriftlich bearbeitet, ergänzt und verbessert.

Sie sagte dazu, dass das ihrem Manne sehr wichtig gewesen war. Das seien die Papiere seines Großonkels, der vor dem Ersten Weltkrieg als Marine-Offizier auf einem deutschen Kolonial-Kreuzer in die Südsee gekommen sei und der dann später in Südamerika gelebt hatte. Stefan lernte ihn wohl bei dessen Besuch in Deutschland 1960 persönlich kennen und schätzen.

Später habe dieser Großonkel Stefan auf seinen Wunsch die Erinnerungen aufgeschrieben und zugeschickt.

Dies Manuskript hatte ich nun in den Händen.

Karin sagte, Stefan hat wohl öfter erwogen, dies selber zu veröffentlichen.

Er war aber vorsichtig, weil diese Papiere sich sehr kritisch mit der deutschen Geschichte auseinandersetzen und dabei Positionen vertreten, die Stefan mit denen seiner großbürgerlichen Arbeitgeber nicht unbedingt für kompatibel hielt. Karin war weniger ängstlich, sie sagte, sie habe Stefan öfter gedrängt, in der Angelegenheit mutiger zu sein. Er hatte das immer zurückgewiesen:

„Du hast ja keine Ahnung, was da alles gespielt wird. Ich bin froh, dass ich in meinem Alter noch diese Position habe. Warum soll ich jetzt in der Sache irgendetwas riskieren?

Damit kann ich mich später im Ruhestand immer noch beschäftigen. Das mache ich dann."

Als die Krankheit kam, hatte Stefan andere Sorgen. Bevor er starb, bat er, dies an mich weiterzuleiten.

Stefan hatte mir gelegentlich von diesem Großonkel aus Chile erzählt. Der hatte für ihn in seiner politischen Entwicklung wohl eine erhebliche Bedeutung gehabt.

Hatte der ihn damals beeinflusst, sich mit dem Studium in Westberlin der Bundeswehr und der Wehrpflicht zu entziehen?

Mit Karin verabredete ich, mir dies alles genauer anzuschauen und dann gemeinsam zu überlegen, ob und wie wir damit verfahren würden.

Da mich zugleich anderes beschäftigte, gingen Jahre ins Land und wir kamen überein, dies nun zum hundertsten Jahrestag des Ersten Weltkriegs an die Öffentlichkeit zu bringen.

Gemeinsam kamen wir zu dem Entschluss, diesen Text als Zeitdokument ungekürzt wiederzugeben. Jede Bearbeitung hätte neue Akzente gesetzt und so dem Text seine Ursprünglichkeit genommen.

Mancher Leser wird dies an der einen Stelle lieber anders sehen wollen, manch anderer an genau anderer Passage. Schon Karin und ich hatten da unterschiedliche Ansätze.

Wegen der persönlichen Einzelheiten lassen wir Stefans Familiennamen heraus und respektieren so auch seine frühere Zurückhaltung.

Auch weitere Namen treten hier zurück.

Stattdessen soll der kaiserliche Kreuzer im Mittelpunkt stehen, SMS ‚Münster‘, und sein Schicksal sowie die Gedanken und Überlegungen, die damit verbunden sind.

Mag die Geschichte dieses Schiffes für ein deutsches Schicksal stehen, das mancher als Variante zu der deutschen Geschichte der vergangenen hundert Jahren betrachtet.

Für mich sind die Reflexionen des kaiserlichen Marine-Offiziers Gerhard Hartmann mit und über die ‚Münster‘ ernsthafte Alternativen, die von den jeweils Verantwortlichen nicht oder doch zu wenig oder aber erst zu spät nachvollzogen wurden.

Um meine Worte als Herausgeber von denen des südamerikanischen Manuskripts unterscheidbar zu halten, lasse ich dessen Worte in einer anderen Schrift erscheinen.

# 2

Da heißt es nun:

Lieber Stefan,

hier bekommst du meine Erinnerungen, wie ich sie nach meinem Besuch bei euch in Hannover aufgeschrieben habe.

Wie du siehst, habe ich bereits unmittelbar nach der Abfahrt damit begonnen. Ich habe das Alles nur wenig überarbeitet, damit du meine unmittelbaren Gefühle und Gedanken erfährst, ohne spätere gedankliche Straffung oder Kürzung:

Es war ein kurzer Abschied. Dein Vater hatte mich zum Bahnhof gebracht, mir geholfen, auf den Bahnsteig zu finden, dort den Zug und den richtigen Wagen, darin den reservierten Platz. Dann schaffte er es gerade noch, rechtzeitig wieder auszusteigen, bevor der Zug sich in Bewegung setzte. Wir konnten uns durch die Scheibe nur noch zuwinken, damit lag auch dieser Abschnitt hinter mir.

Nun sollte die Reise zurückgehen in das Land meiner zweiten Heimat, nach Chile, erst mit der Bahn, später mit dem Schiff.

Ich habe als junger Mann zum Jahreswechsel 1913 auf 1914 Deutschland verlassen. Deutschland war damals noch ein Kaiserreich, das zweite Deutsche Reich.

Genau genommen gab es für mich vor dem Jahr 1913 auch schon Auslandsaufenthalte, aber die waren nur minimal, vorübergehend, auf Schulschiffen, bei kurzen Landaufenthalten zwischen längeren Abschnitten auf See. Das Leben an Bord war doch Leben in Deutschland beziehungsweise Leben unter deutschen Bedingungen. Das änderte sich erst 1914, dann aber so gründlich, dass mir die Zeit davor und die danach wie zwei völlig verschiedene Welten erschienen.

Mit meinen Verwandten in Deutschland habe ich über die Wochen lange Gespräche geführt, aus meinem Leben erzählt, wie ich nach Chile gekommen war und was mich bewegt hatte, dort zu bleiben und nach dem Ersten Weltkrieg nicht nach Deutschland zurückzukehren.

Meine Schwester und der Schwager hatten auch vieles erlebt, die Nazi-Zeit, den Zweiten Weltkrieg, am Ende die Übersiedlung von Stettin nach Westdeutschland, wo man schließlich in Hannover gelandet war, und das neue Leben in der Bundesrepublik.

In den Gesprächen wurden die unterschiedlichen Sichtweisen deutlich. Alle bemühten sich dabei um Höflichkeit, dass es über politische oder religiöse Gegensätze nicht zum offenen Streit käme. Ich hatte ursprünglich vermutet, dass es am ehesten unter den Älteren schwierig werden könnte, dass ich mit meiner Schwester oder dem Schwager aneinander geraten würde.

Aber das Wiedersehen und die Gespräche gestalteten sich freundlich. Auch mein Neffe, die Nichten und deren Familien hatten interessiert zugehört, erkundigten sich nach Einzelheiten oder Begründungen für Aussagen, die ihnen ziemlich fremd zu sein schienen.

Besonders du, Stefan, mein Großneffe, verwickeltest mich immer wieder in Streitgespräche: Dabei gab es über die Zeit eine gewisse Entwicklung.

Anfangs warst du deutlich voreingenommen. Du hattest offensichtlich von dem Großonkel Verschiedenes gehört, das du nicht einordnen oder verstehen konntest.

Ich hatte vermieden, scharf zu widersprechen. Mir lag daran, mich verständlich zu machen, vor allem bei einem so jungen Menschen von gerade 15 Jahren, dessen Vorurteile noch nicht so fest gefügt zu sein scheinen.

Ich erinnere mich noch genau, wie du zu fragen begannst: „Wieso willst du überhaupt mit uns über Deutschland reden? Du hast doch keine Ahnung, was hier wirklich los ist. Du hast doch um Deutschland schon lange einen großen Bogen gemacht. Was willst Du dich da einmischen?"

Ich versuchte, darauf angemessen zu antworten: „Deutschland hat mich geprägt. Immerhin bin ich hier aufgewachsen. Was ich in der Jugend gelernt habe, habe ich hier gelernt."

Du hast da nicht locker gelassen: „Aber dann hast du dich doch davon gemacht, ähnlich deinem Kaiser, den du kritisierst".

„Das Deutschland, für den der Kaiser bis 1918 stand, hat mich in die Welt geschickt. Da habe ich mich zurechtfinden müssen und mein Leben neu organisiert.

Die meisten kaiserlichen Offiziere in ähnlicher Situation, die mit irgendwelchen Schiffen draußen unterwegs waren, haben den Weltkrieg mit ihrem Leben bezahlt."

Wir haben uns an anderen Tagen weiter darüber unterhalten und waren uns so Stück für Stück näher gekommen. Aber vieles blieb dabei natürlich offen.

Solche Diskussionen haben mich dazu gebracht, mir für die Rückreise das Schreiben vorzunehmen. Ich stelle mir vor, dass das interessant und sinnvoll sein könnte für solche Menschen wie dich. Die Arbeit der Erinnerung und das Aufschreiben der Einzelheiten reizen mich und machen mir Spaß.

So sitze ich nun im Zug. Was draußen um mich herum geschieht oder zu betrachten wäre, berührt mich nicht. Meine Vergangenheit lässt mich nicht los. Der will ich mich stellen. Ich will schreiben, um dem Fünfzehnjährigen und möglichen anderen Lesern gegenüber meine Sätze zu begründen.

Womit soll ich anfangen? Mit meiner Kindheit und Jugend? Mit dem Beginn des ersten Weltkriegs? Oder mit meiner Entscheidung, mich in Südamerika niederzulassen und auf eine Rückkehr ins „Deutsche Reich" beziehungsweise in die „Weimarer Republik" absehbar zu verzichten? Reizen könnte mich jede dieser Möglichkeiten, aber am sinnvollsten dürfte es sein, mit der Kindheit zu beginnen.

Es soll aber nichts in Vergessenheit geraten.

# 3

Also die Kindheit:

Geboren bin ich im Jahre 1891 in Stettin, in der Stadt auch aufgewachsen. Ich habe dort die Grundschule und später das Gymnasium besucht und mit dem Abitur abgeschlossen. Es war ein altsprachliches Gymnasium. Mein Vater stand selber im Schuldienst und wünschte für den Sohn eine gute Ausbildung.

Wir verstanden uns als eine Familie gläubiger Christen, die Eltern hielten es nicht für ausgeschlossen, dass ich später Theologie studieren und so einmal Pfarrer werden würde. Die alten Sprachen Latein und Griechisch waren dafür sinnvoll.

Hebräisch hätte ich in der Oberstufe zusätzlich lernen können. Es gab Schüler an meiner Schule, die mit dem Abitur auch das Hebraicum bestanden, die Abschlussprüfung also, die es ihnen erlaubte, gleich danach ohne weitere Sprachsemester das eigentliche Theologie-Studium anzugehen.

Ich selber hatte verhältnismäßig früh solch ein Theologie-Studium ernsthaft ins Auge gefasst. Aber das zusätzliche Hebräisch erschien mir an der Schule unzumutbar – ich wollte auch noch Zeit für andere Dinge haben und nicht nur für die Schule leben. Würde ich wirklich Theologe werden wollen, könnte ich das Hebraicum später in einem Semester, also in einem halben Jahr, nachholen.

Meine beruflichen Pläne waren in der Familie diskutiert worden. Die Eltern freuten sich und bestärkten mich darin. Eine Schwester meiner Mutter, die Tante Else, war in Berlin verheiratet und hatte mich neben anderem auf Leo Tolstoi und Albert Schweitzer hingewiesen. Tolstoi veröffentlichte etliche kirchenkritische Kurzgeschichten und Aufrufe, die sich gegen die Praxis der Orthodoxen Kirche in Russland richteten.

Ähnlich sah sie die Entscheidungen von Albert Schweitzer. Er war ein Theologe aus dem Elsass, der ein erstes Mal über die engeren Theologen-Kreise hinaus bekannt wurde durch sein Buch „Die Geschichte der Leben-Jesu-Forschung". Die Tante hatte mir dieses Buch geschenkt.

Um dir, Stefan, meine Abkehr vom Theologie-Studium deutlicher zu machen, will ich hier etwas genauer auf Schweitzer eingehen. Er ist ja auch eine bekannte Persönlichkeit unseres Jahrhunderts, die dich sehr beeindruckt hat.

Da dürfte es sich lohnen, ihn und seine Motive ernst zu nehmen.

Schweitzer erklärte in seinem Buch Jesus zu einem jüdischen Rabbi, der mit seinem Leben und seiner Verkündigung dazu beitragen wollte, dass das Weltende unmittelbar ausgelöst wird.

Er, Jesus, selber würde Gottes Hereinbrechen in alles weltliche Geschehen verursachen, vielleicht durch die Aussendung seiner Jünger. Als das ohne Folgen blieb, setzte Jesus auf seinen Tod und sah darin das Zeichen für Gottes endzeitliches Handeln. Als Sohn Gottes, als Erfüllung jüdischer Messias-Hoffnung und der entsprechenden alttestamentlichen Ankündigungen erhoffte er Gottes direktes Eingreifen – so Albert Schweitzer.

Schweitzer interpretiert die biblischen Berichte in der Weise, dass Jesu Jünger dieses Handeln Gottes nach Jesu Tod in dem sahen, was sie Auferstehung nannten, Auferstehung Jesu zur alsbaldigen Wiederkunft.

Die Naherwartung dieser ersten Christenheit durchzieht alle Verkündigung der ersten Zeit der Urchristenheit. Das Ausbleiben dieser Wiederkunft Christi ist nach knapp 2000 Jahren als einigermaßen endgültig zu konstatieren, meinte Albert Schweitzer.

Dieser Jesus war ein deutlich anderer als der, den die Kirchen predigen.

Ich quälte mich durch die knapp 600 Seiten des Buches von Albert Schweitzer. Ich hatte bereits vorher die Bibel ganz von vorne bis hinten gelesen. Vieles im Neuen Testament nahm ich mir auf Griechisch vor. Ich hatte mir dazu einen „Nestle" besorgt, die griechische Ausgabe des Neuen Testaments.

Da hatte mir mein Pfarrer in Stettin geholfen, der in der Schule den Religionsunterricht gab. Mit dem sprach ich auch über die Lektüre des Buches von Schweitzer; der Pfarrer warnte mich in längeren Gesprächen und wollte die „Missverständnisse" aufklären.

Er blieb damit aber nicht sehr erfolgreich.

Ich verstand Schweitzer - wie nach ihm noch viele andere Zeitgenossen - so, dass für ihn vom Christentum nur noch der moralische Anspruch blieb.

Das gilt dann unabhängig davon, ob und wie Jesus zu seiner Zeit gelebt, gewirkt und gepredigt hatte und wie er gestorben war und ob er auferstanden war oder ob das nur in der Behauptung oder Verkündigung seiner Jünger, der späteren Apostel, geschehen war.

Konsequent, wie Schweitzer sich selber sah, brach er alle seine Brücken zu den Kirchen ab, verzichtete auf Professur oder Pfarramt, studierte Medizin und ging als Arzt nach Afrika, nach Lambarene, wo er sein Urwald-Hospital einrichtete.

Für mich selbst liefen die Kirchenkritiken eines Tolstoi und die von Albert Schweitzer in einem Punkt zusammen: Ich sah in Kirchen-Organisationen nur noch menschliche Einrichtungen, die „das Ihre" suchen. Sie haben sich mit dem Ausbleiben der Naherwartung eines Weltendes, einer entsprechenden Form der Wiederkunft ihres Herrn Jesus Christus, abgefunden, ohne das in ihrer jeweiligen Verkündigung deutlich werden zu lassen.

Stattdessen haben sie sich in der Welt mit der Welt arrangiert, mit Kirchensteuer und dem Kaiser als „Summus Episcopus" (als Herrn der Kirche), den Pfarrern als staatlichen Beamten, einer geistlichen Schulaufsicht und weiteren Privilegien.

Meine Schwester, deine Großmutter, hat mich jetzt bei meinem Besuch auf meine früheren theologischen Überlegungen angesprochen. Eure Familie hält sich zur Kirche, du hast mit einer Jugendgruppe einen Evangelischen Kirchentag besucht. Die theologischen Skrupel deines Großonkels wirst du vielleicht nicht verstehen, du findest sie wohl ziemlich abwegig.

Ich erinnere mich gut, wie wir darüber einmal gesprochen haben. Du hast da gesagt:

„Für mich ist Albert Schweitzer ein Heiliger. Dass der sein Leben da in Afrika aufopfert, um kranken Schwarzen zu helfen – wer macht sonst so etwas?

Wenn du schon nicht Pfarrer werden wolltest, warum hast du dann nicht auch etwas in der Art versucht wie er?"

Ich bemühte mich um eine überzeugende Antwort:

„Medizin, der Arzt-Beruf, ist nicht jedermanns Sache. Auch dafür muss man sich berufen fühlen. Meinst du nicht?"

„Dem stimme ich zu", räumtest du ein. „Aber bist du sicher, dass du Schweitzer richtig verstanden hast?"

„Wer kann in Glaubensdingen schon sicher sein? Ich habe mich so intensiv damit beschäftigt, wie ich dazu in der Lage war. Ich denke, ich habe dabei einiges gelernt. Dafür bin ich Schweitzer dankbar. Was willst du mehr?" fragte ich zurück.

Du beendetest dies Gespräch mit einem Kopfschütteln, das wohl großes Unverständnis ausdrücken sollte.

Soweit damals unser Dialog, wie ich ihn in der Erinnerung habe.

Ich hatte in meiner Jugend kein Problem darin gesehen, dem Staat und dann auch dem Kaiser zu dienen, aber das hätte ich dann doch lieber direkt getan, als Offizier oder Beamter, lieber ohne geistliches ,Brimborium', lieber in einer Uniform als mit einem Talar, das erschien mir ehrlicher.

So habe ich meinen Eltern mitgeteilt, dass ich mich umentschieden habe, nicht mehr Pfarrer werden wollte, sondern mich anderen Bereichen menschlichen Lebens zuwenden würde.

Sie fragten mich, ob ich meinen christlichen Glauben verloren hätte. Die Frage konnte ich guten Gewissens verneinen. Ich hatte auch Schweitzer und Tolstoi so verstanden, dass diese Menschen keineswegs ihren Glauben aufgegeben hätten. Deren Glaube hatte sich verändert.

Auch wenn Schweitzer Jesus nur als einen normalen Menschen verstehen würde, dann wäre das zwar ein Abgehen von der traditionellen Aussage über Jesus Christus als „wahrer Mensch und wahrer Gott", aber die Hälfte dieser Aussage, also das, was sich auf den Menschen Jesus bezieht, würde doch bestehen bleiben. Das fehlende „wahrer Gott" könnte sowieso nur ein göttliches Geheimnis sein, dass sich menschlichem Verstehen und menschlicher Vernunft mehr entzöge als verdeutlichte.

Wie würde Gott im Himmel mit Menschen umgehen, die ihn nur halb verstehen? Oder die nur das öffentlich bekennen, was sie tatsächlich verstanden haben? Ich, Gerhard Hartmann, traue sowohl Tolstoi als auch Schweitzer christlichen Glauben zu, so a la „ich glaube, hilf meinem Unglauben", vergleiche dazu das Markus-Evangelium, Kapitel neun, Vers 24.

Es bleibt dabei jeweils ein Glaube an Jesus Christus, wenigstens als Garant der Moral, für mich selber auch an Christus als den Retter, den Erlöser, den Herrn der Welt und des Lebens.

Ich konnte meinen Glauben damals noch nicht genauer beschreiben oder erklären – vielleicht hätte ich dazu doch Theologie studieren sollen. So beschränkte ich mich im Allgemeinen auf kurze, für meine Gesprächspartner sicher unbefriedigende Antworten und Aussagen, die für mich selber aber als hinreichende Glaubensbekenntnisse gelten konnten.

Wenn ich mich an später erinnere, an die Zeit der zwanziger Jahre des 20. Jahrhunderts, dann hatte ich mich da weiter mit diesen Fragen beschäftigt. Aus europäischen Berichten bekam ich dazu mit, dass es auf einmal eine ‚dialektische Theologie' gab, die diesen literarkritischen Ergebnissen, die einen Albert Schweizer umgekrempelt hatten, eine geringere Bedeutung zumaßen.

Dialektik in der Theologie?

War das vielleicht auch eine Antwort auf mein Verständnis, in Kirchen nur menschliche Einrichtungen zu sehen?

Ich erinnerte mich an meinen Pfarrer und Religionslehrer, der von einer unsichtbaren Kirche, der des Glaubensbekenntnisses, und vielen sichtbaren Kirchen sprach, die sich in unterschiedlichen Konfessionen und Denominationen in aller Welt vorfinden lassen.

Dialektik in der Theologie?

Klingt das nicht nach Sophismus? Nach klug gedrechselten Ausreden, Versuche, Menschen für dumm zu verkaufen und so über irgendwelche Tische zu ziehen?

Wie dem auch sei, mir half es ein Stück weit, dem allen gegenüber eine gewisse christliche Grundposition zu beziehen und daran festzuhalten:

Wie Gott seinen Sohn Jesus Christus hat Mensch werden lassen und wie das dann mit der Erlösung, mit dem Kreuzestod und der Auferstehung im Einzelnen von statten ging, wurde dabei zweitrangig. Die Aussage selbst aber ist und bleibt wichtig und richtig, unabhängig von den äußeren Gegebenheiten.

Aber soweit war ich um das Jahr 1910 noch nicht, so schön konnte ich zu der Zeit die entsprechenden Fragen nicht beantworten, auch meine eigenen nicht alle.

Ich verstand mich damals dennoch als gläubiger Christ, der sich aber nicht im Talar auf einer Kanzel vorstellen konnte, wenn das in einer Kirche geschehen sollte, die dieser Kirchenkritik unterlag.

Die Kirche dürfte nach meinem Verständnis nicht kaiserliche Institution sein.

Gott ist der Herr, der den Menschen in seinem Sohn Jesus Christus gegenüber tritt.

Diese Begegnung müsste frei sein von kaiserlicher oder staatlicher Bevormundung und entsprechender finanzieller Abhängigkeit.

Die Kirche, zu der ich mit einem Theologie-Studium unter den gegebenen Verhältnissen als Pfarrer Zutritt hätte nehmen können, erschien mir als viel zu fremd bestimmt, viel zu wenig frei, viel zu gebunden an viel zu viele weltliche Verpflichtungen.

Gespräche mit meiner Tante Else in den Jahren vor 1914 bestärkten mich in dieser Haltung. Sie erzählte aus Berlin, dass dort bei jedem Wechsel eines Pfarrers, bei jeder Besetzung der entsprechenden Pfarrstelle nur gefragt wurde: „Ist der Kandidat liberal? Oder ist er konservativ?"

Gemeint war dann da nicht seine Theologie, sondern selbstverständlich nur seine politische Einstellung, ob er sich enger an den Kaiser halten wollte oder ob er dem distanziert gegenüber stünde oder gar irgendwelche Sympathien für sozialdemokratische Gedanken hegen mochte.

Wie der Kandidat zu Jesus stand, zu theologischen Inhalten oder ob er nur einen Pfarrer gab oder spielte, in seinem Inneren sich von dem, was er meinte predigen zu sollen, weit entfernt hielt, das hat niemanden interessiert.

So stand ich zu meiner geänderten Meinung, als die Frage nach dem Abitur zur Entscheidung anstand, allen Versuchen von Familie und kirchlichen Freunden und Beratern zum Trotz, mich auf meine frühere Lebensplanung zurückzubringen.

Wenn ich diese Erinnerungen jetzt hier aufschreibe, dann frage ich mich natürlich, ob und wie du, Stefan, das wirst verstehen können. Sei bitte sicher, dass ich dir nicht im Wege stehen will, wenn du dich als Christ in deine Gemeinde einbringen willst oder beim Kirchentag mitmachst. Auch für die Kirche haben sich die äußeren Bedingungen sehr weit verändert. Was damals galt, muss heute doch anders gesehen werden.

Wenn du dich als Christ engagierst, möchte ich dich dabei unterstützen, so gut das möglich sein kann.

Ich will mich nun wieder meinen Erinnerungen zuwenden:

Stettin war ein bedeutender Ostseehafen, hier gab es Seefahrt, eine „Vulkan-Werft", entsprechenden Betrieb und natürlich auch Marine.

Ich bewarb mich zur Ausbildung eines Marine-Offiziers, wobei ich mir nicht sicher war, wie lange ich aktiver Offizier bleiben wollte. Ich konnte es mir gut vorstellen, mit solch einer Ausbildung später in die „christliche Seefahrt" überzuwechseln, also Offizier in der Handelsschifffahrt zu sein. Aber das hatte Zeit und war vorerst nicht abzusehen.

Du sprachst mich natürlich auch auf diese Entscheidung an:

„Warum hast du dich denn nicht gleich für die Handelsmarine entschieden? Wolltest du das nicht sowieso lieber?"

Meine Antwort hat da vielleicht nicht viel geholfen: „Nein, eigentlich war ich nie dafür, ein unstetes Leben zu verbringen, heute hier, morgen da. Wenn ich das gewollt hätte, hätte ich das ja nach dem Weltkrieg tun können.

Mancher, der da interniert gewesen war, fuhr dann auf Handelsschiffen zur See, ich nicht.

Ich wollte wissen, wo ich hingehöre."

Da hast du natürlich weiter gefragt:„Und hierher nach Deutschland hast du nicht hingehört?"

„Wir wussten damals in Chile nur, dass Deutschland den Krieg verloren hatte, dass es da eine Revolution gegeben hatte und dass es dort noch viele Unruhen gab. Zugleich schien es bei der Marine nicht mehr viel Bedarf an Offizieren zu geben."

Du setztest dagegen: „Aber es gab doch weiter eine Reichswehr. Warum hast du dich denn nicht dazu gehalten?"

Hier konnte ich nicht mit einem Satz antworten: „Das ist eine längere Geschichte. Darauf will ich ausführlich eingehen. Glaub mir bitte, nach den Monaten im Kriege, in denen ich als Offizier aktiv war, habe ich vieles gelernt und danach anders gesehen als zu Beginn meiner Militärzeit. Wenn du das genauer verstanden hast, kannst du dir dazu besser eine Meinung bilden."

# 4

Die Ausbildungs-Zeit in Kasernen an Land und auf Schulschiffen ging schnell vorbei. Ende des Jahres 1913 wurde ich als Leutnant zur See auf den Kleinen Kreuzer ‚Münster' versetzt, der aus dem Mittelmeer zurück nach Deutschland gekommen war, und zwar nach Kiel.

Hier wurden einige Reparaturen und Wartungsarbeiten vorgenommen, bevor das Schiff wieder auslaufen sollte.

In den zurückliegenden Jahren waren im Mittelmeer Kriege geführt worden.

Ende September 1911 erklärte Italien der Türkei den Krieg, um Tripolitanien, das auch Libyen genannt wird, zu annektieren.

Danach brach im Sommer 1912 in Albanien ein Aufstand gegen die Herrschaft der Türken aus.

Dann erklärte Montenegro der Türkei den Krieg, später folgten Bulgarien, Griechenland und Serbien.

Der „kranke Mann am Bosporus" geriet in eine große Krise, die Völker auf dem Balkan, die sich seit Jahrhunderten von den Türken unterdrückt fühlten, wollten unabhängig sein. Die türkischen Truppen wurden bis an die Mauern von Istanbul zurückgetrieben.

Im Jahr drauf begann der Streit um die Beute. Die anderen Armeen wandten sich gegen Bulgarien, das so seinen eben erkämpften Zugang zum Mittelmeer wieder an die Griechen und Türken verlor. Die Türken eroberten nun das für sie militärisch wichtige europäische Gebiet um Edirne zurück.

Die größeren europäischen Mächte hatten dies alles mit ihren jeweiligen Marine-Kräften begleitet und ihre dort davon betroffenen Bürger und deren Interessen zu schützen versucht.

Als es zwischendurch so aussah, als ob die Bulgaren Istanbul erobern könnten, lief eine größere, international bunt zusammengesetzte Flotte dort ein. Aus Deutschland waren dazu etliche größere und kleinere Kreuzer unterwegs.

Daran nahm auch die ,Münster' teil, in türkischen und griechischen Gewässern, nicht nur im Marmarameer und der Ägäis, sondern ebenso an der Westküste Griechenlands, vor Albanien und vor Montenegro.

In dem Zusammenhang erinnere ich mich an entsprechende Zeitungsberichte. Im Spätherbst 1912 hatte es zwischen griechischen und türkischen Schiffen wenigstens zwei „Seeschlachten" gegeben, die wir Marine-Offiziere natürlich mit Interesse verfolgten. Vor den Dardanellen stießen die jeweiligen „Flotten" aufeinander.

Die bestanden zum einen auf beiden Seiten aus etlichen total unmodernen, vom Kampfwert her fast völlig wertlosen Küstenpanzerschiffen, die sich aber doch vernünftiger Weise - den Bedingungen angepasst - sehr zurückhielten.

So lief das in beiden Gefechten auf ein Duell des griechischen Panzerkreuzers ,Georgios-Aweroff', der 1911 in Dienst gekommen war, der also als „modern" gelten konnte, mit den beiden „Linienschiffen" ‚Barbaross Hairedin' und ‚Torgud Reiss' hinaus, die zum damaligen Zeitpunkt etwa 20 Jahre alt waren.

Beide türkischen Schiffe hatten lange Jahre zur kaiserlichen Marine in Deutschland gehört, hießen vormals ‚Kurfürst Friedrich Wilhelm' und ‚Weissenburg' und hatten mit ihren zwei Schwesterschiffen im Jahr 1900 das Deutsche Reich seinerzeit bei der Bekämpfung des Boxer-Aufstands in China vertreten. Im Jahre 1911 hatte man sie an die Türkei verkauft.

Die ‚Aweroff' war in Italien gebaut, mit britischer Artillerie von Armstrong ausgerüstet, den veralteten Kruppgeschützen auf türkischer Seite eigentlich sehr stark überlegen. Die türkische Schiffe hatten die größeren Kanonen (28 cm *l 35* und *l 40*), die aber keine Schnellfeuergeschütze waren und nur eine deutlich geringere Durchschlagskraft besaßen gegenüber den moderneren Kanonen der ‚Aweroff', die mit 23,4 *l 45* und 19 *l 45* schießen konnte. Dabei schossen die alten Kanonen der türkischen Schiffe alle 2 bis 3 Minuten eine Salve, die britischen 23,4er konnten viermal in der Minute schießen, die 19er fünfmal.

Die *l*-Zahl bei Kanonen ist der Faktor für die Rohrlänge, je höher die Zahl, desto länger die Kanone und desto größer die Energie des Geschosses: Es hat eine größere Wirkung und man kann damit weiter schießen.

So gingen viele Offiziere davon aus, dass die ‚Aweroff' sehr schnell ihre Gegner zusammenschießen würde. Es zeigte sich aber, dass fast 20 Jahre Wettrüsten und Modernisierungsanstrengungen aller beteiligten Seiten hier eine deutlich geringere Rolle spielten, als viele vermuteten – die Erwartungen der sachkundigen Beobachter wurden im Wesentlichen enttäuscht.

Ich würde die Ereignisse dir gegenüber, Stefan, auf Deutsch so kommentieren:

„Das ging aus wie das Hornberger Schießen!"

In beiden Schlachten fuhren die Türken sehr vorsichtig und defensiv, hielten sich im Bereich ihrer Küstenartillerie, und ließen sich dabei auf Gefechte in Entfernungen von 5 bis 10 Kilometern ein. Nachdem beide Seiten einige hundert Granaten diverser Kaliber verschossen hatten, zogen sich die Türken wieder in die Dardanellen zurück Auf beiden Seiten gab es Treffer, Verwundete und Tote, auch gewisse Beschädigungen auf den Schiffen – glücklicherweise eher leichter Art. Spätere Berechnungen fachkundiger Beobachter ergaben auf beiden Seiten Trefferquoten von etwa 0,2 Prozent, also traf von etwa 500 Schuss nur je einer.

Ich kenne die Trefferquoten der Skagerrak-Schlacht von 1916, wo auf englischer Seite von 50 Schuss einer traf, auf deutscher einer.von 33 Schuss. Aber diese großen Marinen haben offensichtlich eine bessere Ausbildung ihrer Mannschaften und vermutlich auch bessere Zielgeräte.

Ich will dir, Stefan, dazu einiges erklären, weil du von Computern erzählt hast. Du schwärmst für solche Geräte, die heute für Forschungszwecke und für die Verwaltung, aber auch für das Militär eingesetzt werden:

Da waren auf den damaligen Schiffen für die Zielerfassung einmal hochwertige Entfernungsmesser zu nennen, deren Genauigkeit von der Breite der verwendeten optischen Basis abhing, also von ihrer Größe. Dann aber auch weiteres:

Die großen Schiffe hatten hochkomplizierte Geräte, mechanische Rechner, auf ihre Art Vorläufer späterer Computer. Man konnte die Entfernung zwischen dem schießenden und dem beschossenen Schiff eingeben beziehungsweise einstellen, die jeweiligen Kurse und die geschätzten Geschwindigkeiten beider Schiffe sowie weitere Faktoren, die auf den Schuss-Vorgang Einfluss nehmen würden.

Das Ergebnis waren die Werte, die man benötigte, die Seiten-Richtung und die Höhen-Richtung der Geschützrohre so einzustellen, dass eine Vollsalve „deckend" lag. Um das beschossene Schiff herum wurden dabei im Wasser entsprechende Fontänen sichtbar, und so bestand die Möglichkeit, dass einzelne Granaten der Salve das Schiff wirklich trafen und beschädigten.

Kanonen von Krupp oder Armstrong waren im Kampf eben nur so viel wert, wie die Menschen, die sie bedienten, und die dazugehörigen weiteren Geräte sowie die Fähigkeit der Mannschaften, mit diesem Gerät nicht nur sachgemäß, sondern auch optimal umzugehen.

Die Zeitungsberichte solcher Gefechte diskutierten wir jungen Offiziere in unserer Ausbildung, schlossen Wetten ab, wie solche Begegnungen ausgehen sollten u. ä. mehr.

An diese Vorgänge erinnere ich mich auch 50 Jahre später noch lebhaft.

Aber nun will ich mich in meiner Erinnerung dem Kreuzer zuwenden, auf den man mich geschickt hatte, der ‚Münster'; oder wie es richtig heißen müsste:

Dem Kleinen Kreuzer Seiner Majestät Schiff (SMS) ‚Münster'.

Der Begriff „Kleiner Kreuzer" hatte dabei durchaus Bedeutung:

Daneben gab es die „Großen Kreuzer". Das waren lange Jahre Panzerkreuzer, Schiffe mit deutlich stärkerer Artillerie als die der anderen Kreuzer.

Sie waren fast so groß und stark wie die gleichaltrigen Linienschiffe, ihnen in mancher Hinsicht vergleichbar. Einerseits waren sie schlechter geschützt, andrerseits aber deutlich schneller.

Die Japaner setzten zum Beispiel in der Schlacht von Tsushima 1905 in ihrer Schlachtlinie vier Linienschiffe und acht Panzerkreuzer neben oder hinter einander ein.

Die britische Marine entwickelte um das Jahr 1905 die Panzerkreuzer zu den Schlachtkreuzern weiter, die sich von den gleichaltrigen „Dreadnoughts", den damals allermodernsten Linienschiffen, durch schlechtere Panzerung und höhere Geschwindigkeit unterschieden, die aber natürlich allen etwas älteren Panzerkreuzern nur allzu deutlich überlegen waren.

In der deutschen Marine waren die Großen Kreuzer ‚Scharnhorst' und ‚Gneisenau' die letzten klassischen Panzerkreuzer, der nächste Große Kreuzer war die ‚Blücher', eigentlich eine Fehlentwicklung, für einen Panzerkreuzer zu groß und für einen Schlachtkreuzer zu schwach – das hat sein Untergang in der Schlacht auf der Doggerbank 1915 gezeigt.

Erst danach gab es mit der ‚Von der Tann' und den späteren Großen Kreuzern auch in der deutschen Marine richtige Schlachtkreuzer, die sich so in der Skagerrak-Schlacht hinter den britischen nicht mehr zu verstecken brauchten.

Im Unterschied zu diesen „Großen Kreuzern" hatte die deutsche Flotte „Kleine Kreuzer", die in einer Schlacht die Torpedoboote und Zerstörer, also die beweglichen Torpedo-Träger, anführen und deren Torpedo-Angriffe anleiten und unterstützen sollten.

Zugleich dienten diese Schiffe der Aufklärung – es gab noch keine Luftaufklärung und kein Radar. Nur was man von Schiffen aus mit dem Auge wahrnahm, konnten die Admirale bei ihren Planungen und Anweisungen berücksichtigen, wenn die Kreuzer ihre Erkenntnisse rechtzeitig an sie weitergaben.

Etwas ältere Kreuzer setzte die deutsche Marine – darin ähnlich der britischen – in den Kolonien und in Übersee ein.

Größere Bestände an derartigen Schiffen gab es in den Jahren vor dem 1.Weltkrieg eigentlich nur bei den Briten und bei der deutschen Marine.

Die ‚Münster' gehörte zu einer zahlreichen Gruppe von Kleinen Kreuzern, die kurz vor dem Jahr 1910 gebaut worden waren.

Ihre Größe betrug 4 bis 5 000 Tonnen Wasserverdrängung.

Die Serie ging von der ‚Königsberg' (1907 in Dienst) bis ‚Augsburg' (1909 in Dienst).

Sie hatten alle drei Schornsteine (einige darunter mit dem berühmten „detachierten" Schornstein, das heißt der Abstand zum dritten Schornstein war bei diesen Schiffen auffällig größer als der zwischen den beiden vorderen Schornsteinen. Das war sehr ungewöhnlich, weil man auf deutschen Schiffen besonderen Wert auf „ordentliches Aussehen" legte).

Die Hauptbewaffnung bestand aus 10 oder 12 Kanonen vom Kaliber 10,5 cm, die älteren noch mit $l$ 40. die späteren bereits mit $l$ 45. Zur Erinnerung: Diese $l$-Zahlen drücken die Rohrlänge aus, haben also Einfluss auf die Durchschlagskraft der Granate und meist auch Auswirkung auf die Schussweite.

Zum großen Bedauern der deutschen Marine-Offiziere konnten unsere Kreuzer mit den gleichaltrigen britischen in der Beziehung nicht mithalten. Die hatten zumeist 15,2 cm-Geschütze mit $l$ 50, die eben deutlich weiter schossen und dann, wenn sie trafen, sehr viel mehr Wirkung erzielten.

Im Blick auf die Geschwindigkeit waren aber die deutschen Kreuzer den gleichaltrigen britischen durchaus gewachsen, sie liefen, wenn sie neu waren, zwischen 23 und 27 Knoten, also Seemeilen von 1852 Metern pro Stunde.

Die deutlichen Geschwindigkeitsunterschiede dieser deutschen Kreuzer erklärten sich durch den Übergang vom klassischen Antrieb mit einer Dampfmaschine zu dem mit einer Turbine.

Die beiden Schwesterschiffe, die sich später im Weltkrieg als Kreuzer einen gewissen Namen gemacht hatten, also die ‚Emden' und die ‚Dresden', bildeten genau diesen Übergang: Die ‚Emden' hatte noch eine Dampfmaschine und lief 24 Knoten, die ‚Dresden' mit einer Turbine über 25 Knoten, weshalb sie nach dem Desaster bei den Falkland-Inseln auch den Briten entkommen konnte.

Auch die ‚Münster' hatte Turbinen-Antrieb.

Die genannten Höchstgeschwindigkeiten setzen natürlich einen einwandfreien Zustand des Schiffs, vor allem auch seines Rumpfs, voraus. War der nach längerem Aufenthalt in warmen Gewässern bewachsen, dann sank die Geschwindigkeit beträchtlich.

Die Kreuzer dieser hier beschriebenen Gruppe wurden in den Jahren vor dem Ersten Weltkrieg in Übersee eingesetzt, in deutschen Kolonien in Afrika oder in Ostasien, daneben zum Beispiel – wie beschrieben – im Mittelmeer, aber auch in Mittelamerika, oder wo sie sonst deutsche Interessen schützen sollten.

So gab es 1913 in Mexiko Revolution, und die ‚Dresden' wurde dorthin geschickt.

Gleichzeitig beauftragte man die ‚Münster', im deutschen Kolonial-Gebiet im Pazifik die dortigen Kanonenboote abzulösen.

Diese Vorläufer richtiger Kreuzer waren Ende des 19.Jahrhundets gebaut.

Ihre Masten trugen ursprünglich noch Takelage, das heißt, sie wurden neben der Dampfmaschine noch mit Segeln bewegt. So waren sie recht langsam.

Bewaffnet waren sie mit 8,8 cm-Kanonen, also im Jahre 1914 praktisch ohne Gefechtswert.

So begann ich als junger Leutnant meinen aktiven Dienst. Ich hatte die Funktion eines zweiten Artillerie-Offiziers und teilte voll das angesprochene Bedauern, dass unsere 10,5 *l* 45 auf der ‚Münster' mit moderneren Schiffen nicht mithalten konnten.

Später habe ich erfahren, dass man im Kriege dann die Kreuzer, auf die man in Deutschland noch Zugriff hatte, mit 15 cm *l* 45 nachgerüstet hatte. Damit erreichten diese Schiffe eine Schussweite von 176 Hektometer (hm, also 17,6 Km) statt der bisherigen 122 hm. Aber diese Möglichkeit fehlte natürlich den Kreuzern in Übersee und in den Kolonien.

Die Reise in den Pazifik ging über Zwischenaufenthalte auf den Kanaren, in Argentinien und in Chile. Dies war zur Treibstoffergänzung notwendig, solche Schiffe verbrauchten unterwegs eine Menge Kohlen.

Ein erstes Ziel war Samoa, damals eine deutsche Kolonie. Dann ging die Reise weiter bis in den Bismarck-Archipel und zu den weiteren Inseln in dem großen Seegebiet, das damals dort unter deutscher Verwaltung stand.

Samoa liegt etwas abseits von dem Teil der Südsee, um den sich der Kreuzer absehbar kümmern sollte, ein Gebiet größer als das des Kontinents Australien. Die Landfläche war verhältnismäßig gering, den größten Teil dürfte Kaiser-Wilhelm-Land bilden, der Nord-Ost-Teil der großen Insel Neu-Guinea.

Der Kreuzer unterstand dem Geschwaderchef in Tsingtau, Vizeadmiral Graf Spee. So war es selbstverständlich, dass unser Kreuzer sich bald nach seiner Ankunft im Seegebiet nach Tsingtau begab, um sich beziehungsweise uns, seine Offiziere und Mannschaften, dort vorzustellen.

Die Zeit bis zum Krieg nutzten wir damit, uns einen gewissen Überblick zu verschaffen und uns in diesem Seegebiet mit den Besonderheiten vertraut zu machen.

In den Wochen des Juli 1914, also vor dem unmittelbaren Kriegsbeginn, besuchte Graf Spee mit seinen beiden Panzerkreuzern ‚Scharnhorst' und ‚Gneisenau' diese Inselwelt.

Er wollte eigentlich nach Samoa, wurde aber von den drohenden Ereignissen in Truk eingeholt.

Graf Spee befahl den Kleinen Kreuzern, sich hier um seine beiden Panzerkreuzer zu versammeln:

Aus Tsingtau kam die ‚Emden', andere von der westamerikanischen Küste, die ‚Dresden' direkt aus dem Atlantik, über Chile. Hierher dirigierte man auch eine Reihe von Handelsschiffen, die dem Verband die nötigen Kohlen und frische Lebensmittel bringen mussten.

Die Kohlen wurden in Körben verladen, eine sehr schmutzige Angelegenheit, zumal bei entsprechendem Seegang die Schiffe nicht nebeneinander liegen konnten. Trotz aller Fender und anderen Dingen, die man zwischen die Bordwände binden konnte, gab es schnell Dellen und ernsthafte Beulen an den Bordwänden, die zu Rissen und Leckstellen führten, Undichtigkeiten, deren Gefahr wir erst bei schwerer See deutlich zu spüren bekamen.

Um derartiges zu vermeiden, mussten wir dann die Kohlenkörbe noch auf Boote verladen, die zwischen den Versorgern und den Kreuzern hin und herfuhren.

Als der Krieg Ende Juli/Anfang August ernsthaft drohte – England erklärte Deutschland den Krieg am 3. August 1914 -, besprach der Vizeadmiral seine Pläne und Absichten mit den Kommandanten der Schiffe. Ich nahm an diesen Versammlungen natürlich nicht teil, aber so manches davon sprach sich doch unter den Offizieren hinterher herum:

Graf Spee wollte bei Kriegsbeginn den Verband zusammenhalten, damit eine gewisse militärische Macht bilden, die sich dann vielleicht auch mit einiger Aussicht auf Erfolg in Kämpfe mit irgendwelchen gegnerischen Verbänden würde einlassen können.

Andere Offiziere widersprachen. Vorneweg der Kommandant der ‚Emden‘, Fregattenkapitän v. Müller, der vorrechnete, dass etwa fünf einzelne Schiffe beziehungsweise Schiffsgruppen für die Gegner viel schwerer zu finden und auszuschalten wären als ein geschlossener Verband.

Das Bild, „wie schwer es ist, einen Sack Flöhe zu hüten", müsste doch jeden überzeugen.

Graf Spee war in diesem Fall Argumenten zugänglich und ließ mit sich reden.

Das Ergebnis war dann, dass v. Müller mit seiner ‚Emden‘ in den Indischen Ozean zum Kreuzer-Krieg als Handelsstörer entlassen wurde.

Graf Spee entschied, dass er mit seinen beiden Panzerkreuzern ‚Scharnhorst‘ und ‚Gneisenau‘ sowie den drei Kleinen Kreuzern ‚Leipzig', ‚Nürnberg' und ‚Dresden' den von ihm erwünschten Verband bildete.

Damit wollte er sich in Richtung Europa bewegen, wenn möglich sogar bis nach Deutschland zurück.

Die ‚Münster' sollte, ähnlich der ‚Emden', als Handelsstörer hinter dem Verband bleiben, Unruhe unter der Handelsschifffahrt stiften und so den Gegner bei seinem Versuch stören, sich ein Bild darüber zu machen, wo er den größeren deutschen Verband vermuten und suchen könnte.

Ich kannte meinen Kommandanten, der wollte lieber unabhängig agieren und sah sich an der kurzen Leine eines Vizeadmirals zu sehr gebunden, traute sich und seinen Überlegungen eher und mehr, als den Seeschlacht-Absichten des Grafen.

Das Problem einer selbständigen Handelskriegsführung lag in der Kohlenversorgung. Für den Verband hatte Graf Spee organisatorische Hilfe aus neutralen Häfen und aus erbeuteten Schiffen – unabhängig davon, ob das alles bis nach Europa hin funktionieren konnte.

Aber absehbar gab es Lösungen, auch für die großen Mengen an Kohle, die der ganze Verband brauchte, um über den weiten Pazifik hinweg die südamerikanische Küste zu erreichen. Selbst als die Schiffe bei den Falklandinseln versenkt wurden, hatten sie noch ein Gefolge von drei Kohlendampfern, die sie vermutlich bis über den Äquator hinaus versorgt hätten. Und dann war einiges über die USA vorbereitet, die im Herbst 1914 noch einigermaßen neutral geblieben waren.

Kohlenprobleme hatte natürlich auch die ‚Emden‘, die sie aber bis zu ihrer Zerstörung im November 1914 lösen konnte. Sie hatte damit über alle die Wochen zu kämpfen, erbeutete zu ihrem Glück immer wieder auch Dampfer, mit deren Kohlenbeständen sie weiterfahren konnte. Die Besatzungen der aufgebrachten Schiffe brachte man provisorisch auf einem Begleitschiff unter und entnahm den erbeuteten Schiffen alles Brauchbare, bevor man sie versenkte.

Für die ‚Dresden‘, die bei Falkland entkommen war und sich Monate lang bei Feuerland verstecken konnte, war das Brennstoff-Problem und der Zustand der Maschine der Grund, dass sie sich im Frühjahr 1915 in Chile schließlich meinte internieren lassen zu sollen.

Sie war gerade dem britischen Panzerkreuzer ‚Kent‘ entkommen. Eine Nebelbank ließ den überraschend bis auf 120 hm, also 12 Kilometer, herankommen. Ehe der das Feuer eröffnete, konnte die ‚Dresden‘ ihre höhere Geschwindigkeit zum Entkommen nutzen. Auf dem Papier war der deutsche Kreuzer einen guten Knoten schneller, 24,1 Kn gegen 25,2 Kn; niemand wird genau sagen können, welche Geschwindigkeiten die beiden Schiffe damals wirklich liefen. Beide waren länger nicht mehr in einer Werft gründlich überholt worden.

Die ‚Kent‘ hatte man zwar nach etlichen Treffern im Gefecht bei den Falklandinseln mit der ‚Nürnberg‘ in der Werft von Abrolhos wieder repariert, die ‚Dresden‘ aber stand rund 15 Monate in See, ohne helfenden Hafen, ohne Werftbesuch.

An diesem Tag gelang ihr aber dennoch das Entkommen, wenn auch mit letzter Kraft. Dieses „letzte“, so erzählte man mir hinterher in Chile, war wörtlich zu nehmen: Die Maschine verschliss in diesen Stunden nach und nach ihre hohe Leistungsfähigkeit und konnte schließlich kaum noch die 20 Knoten halten, mit denen das Schiff den chilenischen Hafen erreichte.

In dem Zusammenhang möchte ich dir klarmachen, lieber Stefan, wie deutlich die britische Artillerie dieses Panzerkreuzers ‚Kent' der der deutschen Kleinen Kreuzer überlegen war:

Die deutschen 10,5 der ‚Nürnberg' von 1906 hatten die ‚Kent' bei Falkland etwa 40 mal getroffen – im Ergebnis waren vier britische Seeleute gefallen und zwölf verwundet worden, die Panzerung des Panzerkreuzers hatte Schlimmeres verhindert und auch ernsthafte Beschädigungen des Schiffes vermieden. Die britischen 15 *l* 45 vom Jahre 1901 hatten die ‚Nürnberg' und später dann die ‚Dresden' jeweils völlig zerschossen, auf der ‚Nürnberg' gab es 327 Opfer, auf der ‚Dresden' sieben Tote.

Der deutliche Unterschied der Opfer-Zahlen der deutschen Kreuzer ist darin begründet, dass die ‚Nürnberg' im Kampf versenkt wurde und niemand sich ernsthaft um die Rettung eines größeren Teils der Besatzung kümmern wollte oder konnte, um die Männer also, die schließlich im Wasser trieben.

Das Ende der ‚Dresden' verlief anders:

Ihr Schicksal ereilte sie in der Cumberland-Bucht auf der chilenischen Insel Mas a Tierra, die zum Juan-Fernandez-Archipel gehört. Der Kommandant der ‚Dresden' bat den chilenischen Hafenkapitän um Internierung des deutschen Schiffs, weil er nur noch 80 Tonnen Kohle an Bord hatte, die Maschinen keine große Geschwindigkeit mehr erlaubten und weil den Briten der Standort nicht mehr zu verheimlichen war.

Dabei gab es dann einen Eklat: Unter dem Bruch internationalen Rechts schossen englische Kreuzer das internierte und somit schutzlose Schiff im chilenischen Hafen zusammen. Die Besatzung hatte, als sie bemerken musste, wie die Briten sich verhielten, die Flutventile aufgedreht. Damit sollte das Schiff selber zum Sinken gebracht werden, ehe es in britische Hände hätte fallen können.

Das deutsche Schiff schoss nicht zurück, sondern man versuchte, möglichst viele Menschen der eigenen Besatzung mit den Booten lebend an Land zubringen.

Neben der genannten Zahl von Toten gab es etliche Verwundete, die – das sei zur Ehrenrettung britischer Ärzte, die auf einem Schiff die beiden britischen Kreuzer begleiteten, ausdrücklich hervorgehoben – von ihnen angemessen versorgt und nach Chile in die Internierung gebracht wurden, nicht nach Europa in eine Kriegsgefangenschaft (!).

Den chilenischen Protest des Hafenkommandanten gegen das britische Vorgehen der schießwütigen Offiziere ignorierten diese völlig, folgten nur ihrem Befehl, die ‚Dresden' zu versenken.

Ich traf später in Chile Besatzungsmitglieder der ‚Dresden', die aus ihrer Wut über dieses unverständliche Zerstörungswerk, das völlig überflüssig Menschopfer forderte, keinerlei Hehl machten.

Die deutschen Seeleute hatten sich bereits gefreut, interniert zu sein, so dass für sie der Krieg eigentlich zu Ende war – da schlugen britische Granaten ein, auf dem Schiff, dass nicht mehr alle rechtzeitig verlassen konnten, aber auch an Land in der chilenischen Siedlung.

Da es dort keine Unterbringungsmöglichkeit gab, hatte man die Besatzung auf dem internierten Schiff lassen wollen, bis sie angemessen hätte abtransportiert werden können. So verloren die Deutschen dort auch all ihr Privateigentum, das mit dem Schiff verbrannte und unterging, so dass sie auf die Kleider- und Sachspenden der chilenischen Dorfbevölkerung angewiesen waren – das wurde dann später erst an anderen Orten wieder menschlich erträglicher.

# 5

Ich komme in meiner Erinnerung wieder auf das Schicksal meines Kreuzers, der ‚Münster‘ zu sprechen.

Graf Spee hatte mit seinem Geschwader in Richtung auf Südamerika verschwinden wollen – im Pazifik fürchtete er vor allem die sehr modernen Schlachtkreuzer der Japaner, die Schiffe der ‚Kongo‘-Klasse. Zwei der vier Schiffe waren im Herbst 1914 bereits einsatzfähig. Die waren nicht nur deutlich schneller als alle unsere deutschen Kreuzer; mit 35,6 cm Geschützen ausgestattet waren sie darüber hinaus den besten Dreadnoughts vergleichbar und gewachsen, somit artilleristisch in einer völlig anderen, vielfach stärkeren Kategorie als alle Schiffe des Grafen Spee.

Mit solchen Gegnern durfte unser Geschwader also nicht ins Gefecht kommen. Deshalb nahmen die deutschen Schiffe ihren Kurs nach Südamerika hin.

Am 23.August 1914 erklärte Japan dem Deutschen Reich den Krieg. Damit wurden die Befürchtungen und die diesbezüglichen Sorgen des Grafen Spee konkret.

Unserer ‚Münster‘ hatte man da die Rolle zugedacht, vor der australischen Küste in den südöstlichen Gewässern den Handelsverkehr zwischen Neuseeland und Australien so zu stören, dass feindliche Erkenntnisse über den Standort der deutschen Schiffe im Dunkeln blieben.

Die Nachrichten, die man von den Aktionen der Gegner mitbekam, machten deutlich, dass australische

Kräfte die deutschen Verwaltungsorgane im Bismarck-Archipel und in Neuguinea in Gewahrsam nahmen, Funkstationen beschossen und anderweitig zum Schweigen brachten. Es gab für die schwachen deutschen Kräfte dort keine Möglichkeit, sich dem zu entziehen oder derartiges zu verhindern.

Wir mussten also mit der ‚Münster' diesen australischen Kräften, einem Schlachtkreuzer ‚Australia' und etlichen kleineren Kreuzern, ausweichen und uns vor ihnen in Acht nehmen. Dabei sollten wir versuchen, in deren Rücken aktiv zu werden.

Wir selber bewahrten strenge Funkstille, achtete aber auf entsprechende Funkmeldungen des Gegners, an deren Stärke wir erkennen konnten, ob er in der Nähe stünde oder doch weiter entfernt zu vermuten war.

Man hatte uns einen Versorger, einen der Kohlendampfer, die aus Manila gekommen waren, zur Verfügung gestellt. Mit dem vereinbarte unser Kommandant der ‚Münster' ein Treffen bei der Inselgruppe der Neuen Hebriden, ein gutes Stück östlich von Australien. Hier übernahmen wir Kohlen und wandten uns dem Seegebiet zwischen Neuseeland und Australien zu.

Es gelang, dort mehrere Schiffe aufzubringen, die mit Lebensmitteln und auch Kohlen unterwegs waren.

Als man einen Segler aus den noch neutralen USA traf, überließ man ihm die Besatzungen der versenkten Dampfer – auf dem Kreuzer gab es keinen Platz für Gefangene und auch auf den Begleitschiffen wurden irgendwann die Lebensmittel knapp.

Vom Geschwader des Grafen Spee erhielt man keine direkten Nachrichten – die deutschen Schiffe versuchten aus sehr guten Gründen, die Funkstille möglichst konsequent zu bewahren. Auch auf der ‚Münster' wollte man nicht auffallen – die verschwundenen Schiffe würden in hinreichender Weise für Unruhe unter den Handelsschiff-Kapitänen sorgen, so den Handel behindern und die britische Marine zwingen, überall nach den Störkreuzern zu suchen.

Zwischendurch zogen wir uns auf abgelegene Inseln in der Südsee zurück. Dort konnten wir in Ruhe die Lebensmittel und Kohlen von anderen Schiffen verladen und kleinere Reparaturen vornehmen.

Daneben bemühten wir uns, Nachrichten über den Fortgang des Krieges von anderen Seiten her zu erhalten. Dabei gab es viele Gerüchte und Falschmeldungen.

Unklar blieb für uns die Lage in Europa. Berichte über den Vormarsch deutscher Truppen in Belgien und Frankreich wurden begleitet von Angaben über exorbitante Verluste der deutschen Angreifer, zusammenaddiert in krassem Gegensatz beziehungsweise Widerspruch zu den deutschen Bevölkerungszahlen.

Ebenso wurden immer wieder Versenkungen deutscher Schiffe gemeldet, zum Beispiel des Kleinen Kreuzers ‚Karlsruhe', der im Atlantik Handelskrieg führte, oder des Schlachtkreuzers ‚Goeben' und des Kleinen Kreuzers ‚Breslau' im Mittelmeer. Die waren aber keineswegs versenkt worden. Stattdessen hatten die beiden sich in die Türkei geflüchtet, waren dort in türkischen Besitz übergegangen und trugen so zum Kriegseintritt der Türkei auf Seiten der Mittelmächte bei.

Aber es gab auch Meldungen, die keine Falschmeldungen waren, deren Richtigkeit sich später erst erwies. So hatten Ende August 1914 britische Schlachtkreuzer bei Helgoland drei deutsche Kleine Kreuzer und weitere Vorpostenschiffe versenkt und waren wieder verschwunden, bevor deutsche schwerere Einheiten Hilfe leisten konnten.

Ebenso traf die Meldung über die Vernichtung der ‚Emden' im November 1914 zu. Der Kreuzer hatte lange den Handelsverkehr im Indischen Ozean einigermaßen lahm gelegt. Er hatte mehrere Häfen beschossen und Öltanks in Brand gesetzt, immer wieder Schiffe abgefangen und vernichtet.

Schließlich drang die ‚Emden' in den Hafen von Penang ein, versenkte dort den älteren russischen Kreuzer ‚Schemtschug' und den französischen Zerstörer ‚Mousquet', ohne dass ihre vielen Jäger ihrer habhaft werden konnten.

Da wurde v. Müller unvorsichtig. Der Kapitän ließ eine Funkstation auf den Cocos-Inseln angreifen und wurde so Opfer eines Stärkeren.

Dabei fand der Feind die ‚Emden' auch nur, weil diese, als sie die Funkstation vernichten wollte, die Station natürlich nicht daran hindern konnte, noch rechtzeitig vor ihrer Zerstörung die entscheidende Nachricht zu übermitteln.

Zufällig geleitete ein australischer Kreuzer, die ‚Sydney', dort in der Nähe britische Truppentransporter auf ihrem Wege nach Europa. Er bekam die Funkmeldung, die ein Hilferuf war, und wusste, was er zu tun hatte. Er lief mit Höchstfahrt zu dieser Funkstation, fand dort die ‚Emden‘, die ihm und seiner überlegenen Artillerie nun erliegen musste.

Der australische Geschützte Kreuzer war fünf Jahre jünger als die ‚Emden‘, britischer Bauart, mit 15 *l 50*, denen die ‚Emden‘ nichts Gleichwertiges entgegensetzen konnte. Die größere Schussweite trug das Ihre bei.

Da der Kampf so auf sehr große Entfernung geführt wurde, zog er sich etliche Stunden hin. Die ‚Emden‘ verschoss dabei alle ihre Munition. Der Kommandant setzte das schwer beschädigte Schiff schließlich auf ein Riff und versuchte, dabei möglichst viele seiner Männer zu retten.

Weil die Australier keine weiße Fahne sahen, schossen sie weiter, auch als die ‚Emden‘ sich nicht mehr wehrte. So gab es noch zusätzliche Opfer.

Von ihren etwa 360 Mann Besatzung kamen dabei 133 Mann zu Tode, die meisten Überlebenden gerieten in Gefangenschaft.

Aber der Landungstrupp, der die Funkstation sprengen sollte, bemerkte rechtzeitig die schwierige Lage der ‚Emden‘, die ihnen nicht mehr helfen konnte. Es waren 47 Männer, die auf der Insel ein altes Segelschiff fanden, seeklar machten  und damit davon segelten, ehe die ‚Sydney‘ sie daran hindern konnte.

Sie erreichten nach einer Fahrt von über 1700 Seemeilen einen Hafen auf Sumatra, wo ein deutscher Dampfer sie heimlich aufnahm und nach Arabien überführte. Von dort gelangte dieser Landungstrupp der ‚Emden‘ zu Fuß, auf Kamelen und mit der Eisenbahn in die Türkei, wo sie am Pfingstsonntag 1915 bei Admiral Souchon eintrafen.

Ich erinnere mich noch genau, wie wir irgendwo in der Südsee von dem Gefecht bei Coronel erfuhren. Das musste auch im November gewesen sein. Die Funker hatten Nachrichten aufgefangen, die sie erst nicht richtig zuordnen konnten. Dann fiel uns ein Schiff in die Hände, das aus Neuseeland Tiefkühlfleisch nach Europa bringen sollte.

Die ‚Münster' bediente sich bei der Ladung, ehe das Schiff versenkt wurde.

Wir fanden dort frische Zeitungen, die eine britische Version der Ereignisse von Coronel enthielten und den Verlust der beiden alten britischen Panzerkreuzer einräumten.

Ein sehr schneller Geschützter Kreuzer, die ‚Glasgow' vom Jahre 1910, suchte sein Heil in der Flucht, ebenso ein britischer Hilfskreuzer, ein Handelsschiff, das auch mit 15 cm –Geschützen ausgerüstet war und damit eigentlich den deutschen Kleinen Kreuzern wie die Glasgow" hätte überlegen sein können. Aber da der Handelsdampfer überhaupt keinen Panzerschutz hatte, drehte er nach den ersten 10,5-Treffern lieber ab, folgte der „Glasgow", indem er seine hohe Geschwindigkeit nutzte, und brachte sich so in Sicherheit.

Aber die ‚Good Hope' und die ‚Monmouth', Panzerkreuzer von 1901, waren langsamer und in allen anderen Beziehungen ebenso unterlegen. Die fünf Jahre militärischer Entwicklung, die die deutschen Panzerkreuzer ihnen voraus hatten, gaben ein eindeutiges Ergebnis. Gegen 18 Uhr 30 begann die Artillerie zu schießen, um 19 Uhr 20 war die ‚Monmouth' niedergekämpft, wenige Minuten darauf auch die ‚Good Hope', die nach inneren Explosionen schnell sank. Die ‚Monmouth‘ kenterte in der Nacht, vielleicht nach einem Torpedo-treffer oder weiterem Artillerie-Beschuss durch einen der Kleinen Kreuzer, ohne dass sie sich dabei mit ihrer Artillerie noch einmal wehren konnte.

Ich habe später die Einzelheiten erfahren. Dazu gehört auch die Information, dass die ‚Scharnhorst‘ zwei Treffer erhalten hatte, die ‚Gneisenau‘ vier. Eine Granate hatte Bleche durchschlagen, ohne zu detonieren, andere hatten Splitterschäden und kleinere Brände verursacht. Auf der ‚Scharnhorst‘ hatte niemand Schaden genommen, auf der ‚Gneisenau‘ gab es zwei Leichtverwundete.

Auf britischer Seite sah es deutlich anders aus. Beide Panzerkreuzer sanken, ohne dass jemand der Besatzung überlebte. In der stürmischen See konnten die deutschen Schiffe keinerlei Boote aussetzen, es gab keine Möglichkeiten, im Wasser treibende Menschen bei Dunkelheit zu erkennen und aufzunehmen. Ich fand keine britischen Berichte über die exakten Zahlen derer, die mit diesen Schiffen zu Tode kamen. Wenn ich mich an die Angaben halte, die über die Besatzung der Schiffe veröffentlicht waren, dann starben mit der ‚Good Hope‘ 900 Mann und mit der ‚Monmouth‘ 540.

Sehr viel schneller und deutlicher bekamen wir dann ausführliche Berichte über den britischen Sieg bei den Falklandinseln im Dezember 1914.

Als wir Offiziere auf der ‚Münster‘ zuerst davon hörten, verstanden wir die Meldungen nur schwer. Wir konnten es uns nicht vorstellen, dass Graf Spee absichtlich die Falkland-Inseln ansteuerte, so dass er dort mit seinem Geschwader vernichtet wurde. Richtig verstand ich das alles – wenn überhaupt! – erst nach ausführlicheren Gesprächen mit ehemaligen Besatzungsmitglieder der ‚Dresden', die ich später in Chile getroffen habe.

Daraus wurde mir klar, dass Graf Spee selber den Plan entwickelte, den britischen Stützpunkt auf den Falkland-Inseln, also Port Stanley, anzugreifen und zu zerstören.

Der Graf vermutete, dass die britischen Kriegsschiffe alle auf See wären, auf der Jagd nach den deutschen Schiffen. So nahm er an, dass er deshalb dort leichtes Spiel hätte, die Kohlenvorräte und die Funkstation in Brand zu stecken, ein größeres Chaos auszulösen und sich dann mit seinen Schiffen weiter auf die Fahrt nach Europa zu machen.

Ich frage mich, ob Graf Spee dabei auf den Schlieffen-Plan gesetzt hatte, dass er also davon ausging, nur bis zu einem der französische Atlantik-Häfen unterwegs sein zu müssen. Bis er in den Nord-Atlantik käme, sei dann die französische Atlantikküste – wie im späteren Krieg - bereits in deutschem Besitz. Dann brauchte er nicht um England und Schottland herumzuschippern.

Das alles erschien mir aber auch damals bereits als sinnlose Träumereien, aussichtsloses Bemühen, so unsinnig, wie der ganze Weltkrieg.

Graf Spee hatte vor dieser Aktion alle seine Kommandanten noch einmal um sich versammelt. Hinterher hieß es, die Mehrheit dieser Offiziere habe dringend abgeraten, Port Stanley anzugreifen. Das Risiko erschien eindeutig zu hoch. Graf Spee ließ hier nicht mit sich reden und gab die entsprechenden Befehle. Als sein Schiff später am Sinken war, ließ er den anderen Schiffen mit einem Flaggensignal melden, dass sie recht gehabt hatten:

Er bat auf diesem Wege für seine Fehlentscheidung sozusagen um Entschuldigung (!).

Denn: Der Hafen Port Stanley war nicht leer. Es lagen da nicht nur das alte Vor-Dreadnought-Linienschiff ‚Canopus‘, drei Panzerkreuzer ‚Kent‘, ‚Cornwall‘ und ‚Carnavon‘ sowie zwei kleinere Kreuzer ‚Glasgow‘ und ‚Bristol‘ und ein Hilfskreuzer, das Handelsschiff ‚Macedonia‘.

Damit hatte Graf Spee zur Not gerechnet. Nach dem Erfolg von Coronel traute er sich zu, mit denen allen fertig zu werden. Die alten Panzerkreuzer hätten dann ähnliches erlebt wie ihre Schwesterschiffe, die ‚Good Hope‘ und die ‚Monmouth‘. Die kleinen Kreuzer und der Hilfskreuzer würden genauso die Flucht zu ergreifen suchen wie bei Coronel, das alte Linienschiff würde man torpedieren können, da es kaum manövrierfähig war. Soweit vermutlich die Überlegungen des Grafen Spee.

Aber es kam anders.

Die Niederlage bei Coronel hatte das britische Selbstbewusstsein erschüttert. Seit Nelsons Tagen hatte es keine ähnliche Klatsche zur See gegeben.

Die Devise lautete: Britannia rules the waves *(Das Meer gehört den Briten)*.

Das sollte auch so bleiben. Die Schiffe des Grafen Spee mussten verschwinden, versenkt und zerstört werden.

Deshalb gab man den Befehl, dass zwei Schlachtkreuzer von England aus umgehend in den Süd-Atlantik entsandt wurden, die ‚Invincible' und die ‚Inflexible'.

Beide waren 1907 von Stapel gelaufen und gehörten zur ersten, der ältesten Klasse der Schlachtkreuzer. Sie waren fast doppelt so groß wie die deutschen Panzerkreuzer, mit ihren 26 bis 27 Knoten deutlich schneller als deren 23 bis 24 Knoten, schossen mit 30,5 *l 50* stärker und weiter, waren also in jeder Beziehung nur allzu deutlich überlegen.

Und dennoch hatten die Briten in dem Aufeinandertreffen auch durchaus Glück: Die beiden Schiffe waren in der Nacht zu dem 8. Dezember 1914 gerade in Port Stanley eingetroffen und lagen am Kohlenpier, um ihre leer gefahrenen Bestände wieder aufzufüllen.

Graf Spee stand mit seinen Schiffen und dem Tross außerhalb des Hafens und hatte die ‚Gneisenau' und die ‚Nürnberg' am Morgen zur Erkundung zum Hafen geschickt. Dabei fuhren die länger die entsprechende Küste entlang. Deren Masten und Qualm waren von den Briten schon recht früh wahrgenommen worden, und sie schickten diesen Schiffen die ‚Kent' entgegen.

Als nun die ‚Gneisenau' dieses Schiff angreifen wollte, befahl Graf Spee seinen beiden Schiffe die Rückkehr zum Geschwader. Damit ließ er dem Gegner die nötige Zeit, sich für die Schlacht in Ruhe vorzubereiten.

Bei perfekter Sicht hatten die langsamen deutschen Schiffe keinerlei Chancen, den über etliche Stunden aufdampfenden Briten wirklich zu entgehen. Die Schlachtkreuzer eröffneten am Nachmittag auf große Entfernung ihr Feuer, ließen so den deutschen Schiffen kaum Möglichkeiten, ihrerseits wirksame Treffer zu erzielen, und vernichteten beide Panzerkreuzer nach einer Kanonade von etlichen Stunden.

Dennoch erhielt die ‚Invincible‘ dabei 23 Treffer, die bei ihr auf die große Entfernung keine ernsten Schäden verursachten – die Überlegenheit der schwereren britischen Kaliber auf solche große Entfernung wurde dabei sehr deutlich.

Die ‚Scharnhorst‘ sank nach über drei Stunden, die ‚Gneisenau‘ kenterte etwa zwei Stunden später.

Die anderen britischen Schiffe wandten sich gegen die Kleinen Kreuzer. Nach stundenlangen Feuerwechsel, bei dem die deutschen Kreuzer alle ihre Munition verschossen und danach die Flutventile aufdrehten, damit die Schiffe nicht dem Gegner in die Hände fallen konnten, kenterte die ‚Nürnberg‘ gegen 19 Uhr, die ‚Leipzig‘ sank spät am Abend gegen 21 Uhr.

Mit der ‚Scharnhorst‘ starben 860 Mann, die gesamte Besatzung, mit der ‚Gneisenau‘ 598 Mann. Mit der ‚Leipzig‘ gingen 315 Mann ihrer Besatzung unter, mit der ‚Nürnberg‘ 327 Mann. Zusammengerechnet kamen an diesem Tage dort 2100 deutsche Seeleute zu Tode.

Zwei der drei Tross-Dampfer wurden von den Briten ebenso erbarmungslos versenkt, nachdem die Besatzungen hatten in die Boote gehen müssen. Tausende Tonnen Kohlen und große Mengen Lebensmittel wurden völlig sinnlos vernichtet. Auch die Schiffe hätte man noch nutzen können. Aber die gedankenlose Wut, alles was an Coronel hätte erinnern können, zu beseitigen, war stärker als alle Vernunft.

Ich frage mich bei dieser Erinnerung, ob hinter solchem britischen Verhalten vielleicht irgendwelche finanziellen Überlegungen stecken mochten. Es hieß später in Chile, es gäbe in der britischen Marine noch Prisen-Gelder-Regelungen aus länger zurückliegender Vergangenheit. Da würde auch Versenkungen honoriert – vielleicht war eine Versenkung lukrativer als ein Aufbringen, bei dem die erbeuteten Waren der Marine zufielen, aber nicht der Besatzung des aufbringenden Schiffes (?) – in Chile wurde viel geredet, Klarheit konnte ich darüber nicht bekommen.

Der dritte Trossdampfer flüchtete unter die argentinische Küste, entging länger allen Versuchen, ihn zu stellen, und musste sich schließlich in Argentinien internieren lassen.

Was war mit der ‚Dresden‘?

Der Frage wendest du dich vielleicht zu, lieber Stefan, oder irgendein anderer späterer Leser meiner Erinnerungen. Damals stellte sie dem britischen Befehlshaber bei Falkland sein Chef in London, als der seinen Schlachtbericht einreichte.

Bei etwas planvollerem Vorgehen hätte die ‚Dresden‘ trotz ihres Turbinenantriebs nicht entkommen dürfen, die beiden moderneren britischen Turbinen-Kreuzer ‚Glasgow‘ und ‚Bristol‘ liefen mit ihren 26 bis 27 Knoten eigentlich deutlich schneller als die ‚Dresden‘ mit ihren 25 Knoten, dennoch entkam sie, als es Nacht wurde.

Die ‚Dresden‘ versteckte sich zwischen irgendwelchen Inseln von Feuerland, die nicht kartografiert waren. Dabei halfen Anwohner, die deutsche Verbindungen hatten. Man schlug Holz und feuerte damit anstelle von

Kohle, man ernährte sich von dem, was man im Lande fand.

Als der Kreuzer nach einigen Monaten sein Versteck verließ, um wieder Jagd auf die Handelsschifffahrt zu machen, konnten ihn die Briten stellen, in die Internierung treiben und vernichten, wie ich es oben bereits beschrieben habe.

Die Fakten des Geschehens um das Geschwader des Grafen Spee habe ich mir wieder und wieder ins Gedächtnis gerufen. Es ließ mich nicht mehr wirklich los. Als Offizier frage ich mich, ob das, was da geschah, so geschehen musste. Was hätte sinnvoller Weise statt dessen gemacht werden können?

Ich fand die Entscheidung des Grafen Spee bei Kriegsbeginn in Truk bereits sehr kritikwürdig und höchst anfechtbar.

Der Kapitän der ‚Emden‘ dürfte doch wohl recht gehabt haben, dass jeder einzelne Kreuzer, der auf eigene Faust Handelskrieg betrieben hätte, vom Gegner viel schwerer zu stellen gewesen wäre, unabhängig davon, ob man sich sehr aggressiv und riskant dabei verhält oder doch sehr vorsichtig und zurückhaltend.

Je länger deutsche Handelsstörer unterwegs gewesen wären, umso länger wäre der britische Handel unfrei in seinem Verhalten gewesen, wäre gezwungen, Fahreinschränkungen zu verhängen oder Konvois zu bilden, alles Dinge, die den Ablauf der Handelsgeschäfte aufhalten und behindern.

Wenn man aber anders entschied und den Verband bildete, um gemeinsam nach Deutschland zurückzufahren, wäre es doch sicher klüger gewesen, wenn Graf Spee mit den Seinen die Falkland-Inseln hätte links liegen gelassen und stattdessen schnellstmöglich nach Norden gedampft wäre, wie es die ihm unterstellen Kommandanten für richtig gehalten hatten.

Wenn die britischen Schlachtkreuzer dann bei Feuerland nach ihm gesucht hätten, hätte er schon in ganz anderen Gegenden sein können. Ob ein Durchbruch nach Deutschland irgendwie hätte gelingen können, wäre sicher dennoch sehr zweifelhaft, aber so einfach brauchte er das den Briten auf dem Weg dahin nicht zu machen.

Was für eine Fehlentscheidung!

Dann beschäftigt mich in dem Zusammenhang noch eine andere Überlegung:

Wenn Graf Spee schon meinte, die Briten bei den Falkland-Inseln narren zu sollen, sie total zu überraschen: Warum stellte er das dann so dilettantisch an?

Warum hielt er in dem Fall nicht sein Geschwader zusammen? Warum richtete er seine Geschwindigkeit nicht so ein, dass er beim ersten Morgengrauen mit allen Schiffen vor dem Hafen stand? Dann wäre die Gegenseite nicht vorfristig gewarnt worden.

Er hätte aber über alles, was da sich befinden konnte, derartig herfallen können, dass mit aller Artillerie, aber auch mit möglichst vielen Torpedos maximaler Schaden verursacht würde – gegen wen auch immer.

Wenn der Hafen dann leer vorgefunden worden wäre, hätte man nichts falsch gemacht.

Würden aber dort Schiffe liegen, welcher Art auch immer, wären sie in einer sehr schwachen Position, nicht fahrbereit und manövrierfähig und damit allen gegnerischen Aktionen mehr oder weniger hilflos ausgeliefert.

In der Situation hätte die zu kurze Reichweite der deutschen Artillerie keine Rolle mehr gespielt. Seine 21 cm-Geschütze hätten gegen die vergleichsweise geringe Panzerung der britischen Schlachtkreuzer auf die kurze Entfernung durchaus Chancen gehabt. Einer der beiden, die ‚Invincible‘, geriet in der Skagerrak-Schlacht überraschend in das Feuer des deutschen Schlachtkreuzers „Lützow". Der brachte die ‚Invincible‘ mit seinen 30,5ern in wenigen Minuten zur Explosion, so dass sie mit 1026 Mann unterging, nur fünf Mann überlebten.

Ein Stück weit hätten sogar die beiden Schiffe ‚Gneisenau‘ und ‚Nürnberg‘ bei ihrer Erkundung in diesem Sinne tätig werden können. Der Kommandant der ‚Gneisenau‘ hatte das erkannt und wollte die heran dampfende ‚Kent‘ angreifen, trotz der großen britischen Überlegenheit, aber Graf Spee gab den Gegenbefehl – in völliger Verkennung der Situation.

Ich erinnere mich an spätere britische Veröffentlichungen dazu. Da verwies man in diesem Zusammenhang auf die Schlacht von Abukir, wo Nelson im August 1798 über die französische Flotte hergefallen war, die Napoleon nach Ägypten gebracht hatte. Nelson gelang da ein sehr großer Sieg, da die Franzosen vor Anker lagen, kaum manövrierfähig allen britischen Aktionen ohne ernsthafte Gegenwehr hilflos ausgesetzt.

Deutlich wurde: Graf Spee war offensichtlich kein Nelson!

Dafür sind er und mit ihm etwa 2100 weitere Männer mit dem Tode bestraft worden.

Ich verweise dazu auf die Berichte aus dem 2.Weltkrieg, als im April 1940 zehn deutsche Zerstörer den Hafen von Narvik anliefen, um diesen Hafen und die schwedischen Erzlieferungen nicht britischer Kontrolle zu überlassen.

Sie hatten dort ihre Landungstruppen ausgeladen und waren dann dabei, von einem Tanker Öl für die Rückfahrt zu übernehmen.

Zwei Zerstörer sollten am Eingang des Fjordes Wache halten, aber einigen britischen Zerstörern gelang es in dunkler Nacht, an denen heimlich vorbei zu kommen und die anderen Zerstörer beim Morgengrauen im Hafen mit ihren Torpedos zu überraschen. Der Tanker und etliche der deutschen Schiffe wurden so vernichtet, den meisten britischen Zerstörern gelang das Entkommen – Schiffe im Hafen sind sehr verletzlich.

Alle zehn deutschen Zerstörer blieben in Narvik– etliche davon sprengten sich später selber – ohne Öl und ohne Munition.

Das Beispiel von Narvik im März 1940 macht deutlich, wie viel Glück die Briten im Dezember 1914 in Port Stanley hatten und dass solch ein Vergleich mit Abukir auch zu unserer Zeit durchaus angebracht, denkbar und möglich erscheinen konnte.

Mich prägten diese Ereignisse für mein weiteres Leben.

Mir wurde an diesen Beispielen deutlich, wie kritisch die Berichte über die „Heldentaten" und jede Verherrlichung der kaiserlichen Marine gelesen werden müssen.

Wie wenig war auf prahlenden Beschreibungen ihrer Schiffe und ihrer Offiziere eigentlich zu geben?

Wie viele von solchen Bildbänden und Informations-Büchern waren nur Propaganda für des „Kaisers liebstes Spielzeug"?

Brachte man das nur heraus, um die ungeheuren Kosten der Marine-Rüstung vor der Öffentlichkeit zu rechtfertigen?

Als Kind erlebte ich jedes Jahr den „Sedan-Tag" im September, dazu gab es schulfrei, wir hörten Festtagsreden. Man erinnerte die Menschen mit patriotischem Gehabe an die Reichsgründung und an den Krieg 1870/71.

Dieser Krieg erschien als ein durchgehender Siegeslauf, ein Siegeslauf, der eigentlich bereits im Jahre 1864, im Krieg gegen Dänemark, begonnen hatte. Dieser Krieg und der Sieg 1866 über Österreich gehörten in diesen Zusammenhang. Das alles wurde mehr und mehr als selbstverständlich dargestellt und hingenommen. Die Preußen waren die Größten, letztlich unüberwindlich. Sie fürchten – nach Bismarck – „allein Gott und sonst nichts auf der Welt".

Warum sollte das in einem Weltkrieg anders gehen? Man war auf Siege abonniert. Verluste waren dabei unerheblich, leider unvermeidlich, mussten aber in Kauf genommen werden und spielten deswegen keine ernsthafte Rolle.

Lieber Stefan, ich dachte hier nun wieder an unsere Gespräche. Du hattest mich gefragt, warum ich nach dem Ersten Weltkrieg nicht wieder Marine-Offizier sein wollte.

In dieser Gesinnung der für die deutsche Marine Verantwortlichen, in dieser Haltung, in diesen Fehleinschätzungen der eigenen Möglichkeiten lag eine Begründung für meine Entscheidung gegen eine weitere Tätigkeit als deutscher Offizier.

Ich ging davon aus, dass ich in der kleinen Reichswehr-Marine nur noch auf Kollegen gestoßen wäre, die der Tradition des preußischen Militarismus fest verhaftet gewesen wären. Für meine Position, aber auch für meine Marine-Erfahrungen, hätte ich dort wohl wenig Verständnis gefunden. Vermutlich würde man mich von vornherein ablehnen, wenn ich mich hätte bewerben wollen.

Ich war mir darüber klar, dass dieser Militarismus nur die eine, die offizielle Seite der Angelegenheit war, das, was die im Deutschen Reich Herrschenden so sehen und so haben wollten.

Meine Mutter war eine große Bewunderin von Fontane, im Elternhaus gab es so ziemlich alle Fontane-Romane, auch „Vor dem Sturm".

Da beschreibt Fontane die Situation in Preußen im Winter 1812 auf 13. Die Franzosen waren in Russland geschlagen, die Reste ihrer großen Armee auf dem Rückzug, und in Preußen bereitete man sich auf die Befreiungskriege vor.

In irgendwelchen Dörfern im Oderbruch und in Frankfurt an der Oder wollte man nicht länger warten und begann offene Feindseligkeiten. Die endeten desaströs mit dem Tode etlicher Übereifriger, da ausgebildete und kampferprobte Soldaten anders mit Waffen umgehen als begeisterte Dilettanten. Auch wenn die französischen Soldaten in Russland eine schlimme Niederlage erlitten hatten, wollten sie aber dennoch leben und sich nicht halben Kindern wehrlos ergeben.

Fontane schrieb Begleitbücher zu den drei Kriegen von 1864, 1866 und 1870/71, in denen er die „hurrapatriotische" Begeisterung durchaus kritisch ansprach, die Verluste der Kriege nicht verschwieg und auch militärische Fehlentscheidungen zur Sprache brachte, die oft hunderte von durchaus vermeidbaren Opfern kosteten.

Fontane stützte sich bei seinen Darstellungen eben nicht nur auf preußisch-offizielle Veröffentlichungen, sondern zitierte viele private Berichte und Briefe, dabei – um Objektivität bemüht - auch regelmäßig solche der Gegenseite.

Ich erinnere mich zum Beispiel noch genau an die Schilderung der Kämpfe bei St. Privat im Jahr 1870, wo durch gedankenlose vorzeitige Frontal-Angriffe gegen Stellungen, die absehbar umgangen und geräumt wurden, Hunderte sinnlos und völlig überflüssig in den Tod getrieben wurden.

Oder bei der Belagerung von Paris: Da lag etwa das Dorf Le Bourget, das später durch den Flughafen und die Flugschau bekannt wurde, zwischen den Fronten. Als das die Franzosen eines Tages besetzten, mussten deutsche Truppen den Feind dort wieder vertreiben und das Dorf besetzt halten, weil man dem Gegner keinen Erfolg zugestehen durfte. Die Soldaten, die dann im Dorfe bleiben mussten, waren ständiger Beschießung ausgesetzt, lagen im Winter bei Regen und Kälte in Ruinen, ohne jeden Schutz, erlitten alltäglich schmerzliche Verluste – aber die deutsche „Ehre" wurde so gewahrt.

Fontane sprach solchen an Verbrechen grenzenden Unsinn offen an – und wunderte sich später, dass bei seinem runden Geburtstag niemand von Seiten der kaiserlichen Regierung Notiz nahm. Man hatte ihn als Liberalen eingeschätzt und es ihm verübelt, dass er als kritischer Schriftsteller in Erscheinung trat.

Er war nicht bereit, in die Lobhudeleien eines oberflächlichen preußischen Patriotismus einzustimmen. Er unterwarf sich nicht der Propaganda, die der Kaiser und die Männer zu hören und zu lesen wünschten, die die ihm nahe stehenden konservativen Kräfte repräsentierten.

So wollte er mehr sein als ein schlechter und billiger Journalist, für den er vielleicht manchem galt. Obwohl hugenottischer Abstammung, war er ein guter Brandenburger und auch Preuße, aber im besseren Sinne dieses Wortes, der sich nicht oberflächlicher Tagespolitik unterwarf.

Hier unterbreche ich, der Herausgeber, den Text des chilenischen Manuskriptes. Stefan hatte diese Passage angestrichen: „mehr als ein schlechter und billiger Journalist". Es war ihm offensichtlich eine deutliche Warnung vor allem, was einen Mann seines Metiers um seinen guten Namen bringen könnte. Stefan hatte offensichtlich mit diesem Text gelebt.

Das Manuskript fährt fort:

Ich hielt wie meine Mutter viel von Fontane. Das hatte meine Bereitschaft eingeschlossen, dem Kaiser und diesem kaiserlichen Deutschland mit allen meinen Kräften zu dienen – wenigstens als Offizier oder Beamter. Dieses Bewusstsein früherer Tage hatte durch die Ereignisse im Herbst 1914 einen ersten „Knacks" bekommen, einen Bruch, der mit den Jahren immer tiefer gehen sollte.

Einen Sinn meines Schreibens sehe ich darin, solche Überlegungen Menschen wie dir, Stefan, zu verdeutlichen.

# 6

So existierten um den Jahreswechsel 1914 auf 1915 von den deutschen Kolonial-Kreuzern nur noch die ‚Dresden‘ und die ‚Münster‘ in einiger Freiheit und Handlungsmöglichkeit.

Die ‚Karlsruhe‘, der modernste der Kreuzer im Handelskrieg, war ohne irgendwelches Einwirken von außen am 4. November 1914 östlich der kleinen Antillen im Atlantik explodiert und gesunken. Dabei kamen 263 Mann zu Tode. Die überlebenden 146 Mann retteten sich auf das Kohlen-Begleitschiff, das mit viel Glück und der dazugehörigen Unaufmerksamkeit der britischen Blockade-Flotte später Deutschland erreichte.

Der Kleine Kreuzer ‚Königsberg‘ operierte im Handelskrieg vor Ost-Afrika, musste sich aber im Oktober 1914 im Delta des Rufiji-Flusses einschließen und blockieren lassen.

Die Besatzung unterstützte die deutschen Kolonial-Soldaten und musste nach monatelangen Kämpfen den Kreuzer, der die ganze Zeit festlag, selber sprengen, damit er nicht den Gegnern in die Hände fiel.

Die ‚Münster‘ wendete sich nach Coronel der chilenisch-peruanischen Küste zu und konnte dort auch das eine oder andere feindliche Handelsschiff aufbringen.

Auf dem Weg dahin gab es eine feindliche Begegnung mit einem französischen Kanonenboot, der ‚Avisèe‘.

Das war bei den Gesellschaftsinseln, wo wir irgendwo ungestört Kohlen trimmen wollten. Wir waren mit unserem Trossdampfer verabredet.

Als wir auf ihn trafen, wurde er gerade von diesem französischen Kriegsschiff kontrolliert.

Das war ein kleineres Fahrzeug aus dem Ende des 19.Jahrhunderts – ähnlich den oben angesprochenen deutschen Kanonenbooten -, mit dem die dortige französische Verwaltung nach dem Rechten zu sehen pflegte, etwa 650 Tonnen Wasserverdrängung, ausgerüstet mit uralten 10-cm-Geschützen und einigen kleineren Kanonen. Seine Höchstgeschwindigkeit betrug angeblich 13 Knoten.

Wir kamen überraschend hinter der Insel hervor, man war dort mit dem anderen Schiff so beschäftigt, dass man uns wohl erst recht spät bemerkte.

Unseren Augen bot sich ein Bild tiefsten Südsee-Friedens: Im Hintergrund ein Atoll mit weißem Sandstrand und dichtem grünem Bewuchs, dazwischen einige Behausungen irgendwelcher Einwohner. Davor zwei Schiffe, beide vor Anker, im Abstand von etwa 100 Metern. Das eine Schiff unser vertrauter Kohlendampfer, sogar unter deutscher Handelsfahne, daneben der uns unbekannte Franzose mit der Trikolore. Am Ufer die Boote der Einwohner, am französischen Schiff ein Beiboot, auf diesem Schiff das Vor- und das Achterdeck jeweils unter einem schneeweißen Sonnensegel, Kanonen waren nicht zu erkennen – eben ein Bild tiefsten Friedens.

Unser Funker meldete, dass man wohl versuchte, einen Funkspruch abzugeben. Nach unseren Möglichkeiten bemühten wir uns, durch Dazwischenfunken dies zu stören.

Unser Kommandant befahl einen Warnschuss. Als dort niemand darauf reagierte, befahl er gezielte Schüsse in den Bereich der Kommandobrücke und der Funkstation. Als es dort Treffer gab, verstummte die Funkerei, und wir konnten einen Brand beobachten.

Niemand schoss zurück. Stattdessen setzte man weitere Boote aus, verließ das Schiff und strebte der Insel zu. Nur die französische Flagge wehte weiter.

Unser Kommandant ließ das Feuer einstellen und wir näherten uns dem Geschehen, um ein genaueres Bild zu bekommen. Als die französische Besatzung das Schiff vollständig verlassen zu haben schien, ließ unser Kommandant das Schiff mit einem Torpedo versenken. Das gelang beim ersten Versuch. Das getroffene Schiff brach auseinander. Beide Teile verschwanden schnell im Wasser.

Bevor wir gemeinsam mit dem Trossschiff zu einer anderen Insel fahren konnten, bei der wir die geplante Kohlenübernahme möglichst schnell vornehmen wollten, um uns in der Gegend nicht unnötig aufzuhalten, bekam ich noch eine heftige Diskussion zwischen unserem Kommandanten und dem Ersten Offizier mit:

Der wandte sich an den Kommandanten:

„Herr Fregattenkapitän, erlauben Sie, eine Bitte zu äußern?"

Auf das entsprechende Nicken fuhr er fort:

„Sollen wir uns die Franzosen nicht kaufen? Wir können die doch nicht einfach so davon fahren lassen."

Der Kommandant: „Was meinen Sie? Sollen wir mit unseren Geschützen auf die Rettungsboote schießen?"

„Warum nicht? Das sind doch unsere erklärten Feinde. Wenn die eine Chance hätten, würden die doch auch auf uns schießen", erwiderte der Erste.

Der Kommandant schüttelte deutlich den Kopf:

„In meinen Augen sind das jetzt Schiffbrüchige, auf die schießt man nicht. Das würde gegen alles Kriegsrecht verstoßen. Solange ich zu befehlen habe, gibt es so etwas nicht.

Versetzen Sie sich doch mal bitte in deren Lage: Die sind als Kolonial-Herren nun ohne ihr Kanonenboot den Eingeborenen mehr oder weniger hilflos ausgeliefert. Wenn die Gerüchte zutreffen, pflegen die gelegentlich ihre Widersacher zu verspeisen, die Köpfe zu schrumpfen und als Trophäen zu präsentieren.

Möchten Sie bei solchen Aussichten mit denen tauschen?"

„Nein, davon kann keine Rede sein.

Aber wir können die doch wenigstens in Gefangenschaft nehmen. Geben Sie mir eine entsprechende Abteilung, zwei Bote und zwei Maschinengewehre. Dann fahren wir an den Strand und sammeln die alle ein."

Der Erste war Feuer und Flamme und redete sich in Hitze.

„Das halte ich nicht für eine gute Idee", konterte der Chef. „Wenn mein „Weyer" recht hat, dürfte das ein Schiff der ‚Dècidèe'-Klasse sein. Die haben etwa 100 Mann Besatzung. Was sollen wir mit denen anfangen? Die Handelsschiff-Matrosen können wir jederzeit ins neutrale Ausland entlassen. Aber Kriegsgefangene müssten wir mitschleppen, solange wir wo auch immer unterwegs sein werden."

So schnell gab der ‚Erste' nicht auf: „Wir sind doch im Krieg, da müssen wir doch die Feinde bekämpfen."

Er wurde schnell unterbrochen: „Den genauen Status dieses Schiffes kenne ich nicht. Vielleicht sind da ja nur die Offiziere Franzosen, die übrige Mannschaft für Geld und gute Worte irgendwo in Asien angeheuert – wer weiß. Aber auch diese Kolonial-Offiziere kann man sich doch gut vorstellen: Ältere Herren, die unter dem Sonnensegel sich von ihren Boys mit Rotwein, Cognac oder Champagner bedienen lassen, so ihre Zeit rumbringen und eigentlich niemanden weiter stören. Französische Helden werden jetzt anderswo zu finden sein.

Außerdem: Sollte darunter aber doch ein energischer Mensch sein, dann muss man damit rechnen, dass der in seinem Boot ein Maschinengewehr mitgenommen hat, sich damit und mit seinen Leuten irgendwo im dichten Busch verschanzt, und wenn Sie dann mit Ihrem Kommando landen wollen, empfängt der sie mit einer entsprechenden Salve. Wir haben dann Verluste, auch wenn wir zurückschießen und alle Gegner einfangen. Das kostet uns wenigstens einige Stunden, vielleicht aber auch Tage.

Wenn inzwischen hier ein französischer Panzerkreuzer erscheint, können wir dem zwar mit unserer höheren Geschwindigkeit entkommen, riskieren aber dennoch gefährliche Treffer und verlieren in jedem Fall unseren Trossdampfer. Also was soll's? Ich habe ihnen doch die australischen Zeitungsberichte über die Versenkung der ‚Emden' herauslegen lassen, haben sie die nicht gelesen? Wegen der Landung solch eines Kommandos hat man sie erwischt.

Unser Auftrag ist Störung des Handels, nicht die Eroberung irgendwelcher Inseln.

Ich möchte hier lieber ohne Verluste schnell wieder verschwinden.

Ich halte das für militärisch geboten und eindeutig vernünftiger."

Der Kapitän des Trossdampfers erzählte dann beim Kohlentrimmen, dass er von dem französischen Schiff angetroffen wurde, als er vor Anker auf die ‚Münster' wartete.

Als in einem Boot dann zwei Offiziere an Bord kamen, tat er überrascht. Er sagte sein Schiff sei seit Monaten von Norwegern gechartert, um deren Walfang in antarktischen Gewässern zu unterstützen. Vom Krieg habe er noch nichts gehört. Er sei jetzt hier, um Routinearbeiten an der Maschine zu erledigen und Sturmschäden auszubessern. Dann wollte er noch in einem der Häfen frische Lebensmittel für die norwegischen Walfänger einkaufen.

Er wusste nicht, ob die Franzosen ihm das geglaubt haben. Aber sie sind wieder zu ihrem Schiff zurückgefahren und haben ihm nur verboten, irgendwelche Fahrt aufzunehmen und mit ihren Kanonen gedroht, ohne dass aggressives Verhalten zu erkennen gewesen wäre.

Ob jemand den Hilferuf des Franzosen gehört hatte und ob jemand nach uns forschte, weiß ich nicht. Wir fuhren weiter nach Osten, bevor etwas anderes zu bemerken war.

Im Januar 1915 ging die ‚Münster' in den Südatlantik, Feuerland und Falkland weit umfahrend. Im Seegebiet nördlich von Montevideo hatten wir erneut Erfolge. Immer wieder war es nötig, die Besatzungen der versenkten Schiffe irgendwo an Land zu bringen. Dazu verwendete man möglichst ein Schiff eines neutralen Landes, das dann seine Reise unterbrechen oder ändern musste, um einige hundert „Schiffbrüchige" in einem der umliegenden Häfen abzusetzen. Auf der ‚Münster' gab es für Gefangene kaum Unterbringungsmöglichkeiten – unsere Bewegungsfreiheit würde zu sehr eingeschränkt. Und auch auf den Begleitschiffen wurde es irgendwann sehr unbequem, für alle Beteiligten wäre es auch nicht wirklich ungefährlich und im Blick auf die Menge der benötigten Nahrungsmittel nur sinnvoll, nicht zu viele Menschen mit sich zu führen.

Irgendwann machten wir das dann anders:

Im Atlantik zwischen Brasilien und Afrika fiel uns ein kleinerer britischer Dampfer in die Hände, mit einer Größe von knapp 5000 Brutto-Register-Tonnen, reichlich mit Kohlen versehen, der eigentlich Lebensmittel nach England bringen sollte, ein kleines, unauffälliges Schiff, das gerade 10 Knoten lief. Frachter dieser Bauart fuhren zu hunderten über alle Meere.

Unserem Kommandanten tat es leid, das gute Schiff einfach nur zu versenken. Er ließ dorthin die gefangenen Kapitäne und Offiziere der aufgebrachten Schiffe bringen, die er bisher noch nicht wieder entlassen hatte. Dazu kamen auf den Frachter über 100 Menschen der Besatzungen der zuletzt versenkten Schiffe. Für alle diese Menschen baute man provisorische Aufenthaltsmöglichkeiten in den Laderäumen.

Dazu musste ein „Prisenkommando" gebildet werden, Freiwillige aus der Besatzung unseres Kreuzers, die das Handelsschiff einschließlich der Gefangenen nach Deutschland bringen sollten.

Um das vorzubereiten und gründlich zu organisieren, lud der Kommandant alle seine Offiziere zu einer längeren Besprechung. Hier führte er mit uns eine sehr offene Diskussion.

Zu Beginn gab er eine ausführliche Einleitung: Allen wäre bewusst, dass unsere Reise nicht mehr sehr lange so weiter gehen könnte wie bisher. Zur Begründung zählte er etliche technische Details auf.

Anders als Graf Spee hielt der Kommandant ein Durchbrechen des Kreuzers nach Deutschland wegen der schwierigen Kohlenversorgung für ausgeschlossen. Die Silhouette des Kreuzers wäre sehr auffällig, den Blockade-Schiffen könnte kein Kriegsschiff entgehen. Ein Entkommen sei mit der defekten Maschine ausgeschlossen. Die Anlage war mittlerweile dafür in zu schlechtem Zustand, etliche Verschleißteile hätten dringend ausgewechselt werden müssen.

Der Kommandant teilte uns Offizieren mit, dass er deshalb die Absicht hatte, wieder Kap Horn zu umrunden, um dann dort den Kreuzer entweder in Chile internieren zu lassen oder das Schiff vor der Küste selber zu versenken und die Besatzung auf Handelsschiffen nach Deutschland oder in die Internierung zu bringen.

Er erläuterte sein Vorhaben mit der Schilderung der bis dahin bekannt gewordenen Schicksale der anderen Kolonial-Kreuzer. Er selber hatte daraus gelernt, mit seinem Schiff keine feindlichen Häfen anzugreifen, wie es die ‚Emden' mehrfach getan hatte, einmal erfolgreich, ein anderes Mal mit der Folge ihrer Vernichtung.

Auch das Schicksal des Grafen Spee und seiner Schiffe machte deutlich, wohin allzu großer Angriffselan führte. „Blinder Eifer schadet nur", sagt das Sprichwort.

Ich erinnere mich nicht mehr genau, ob uns auf der ‚Münster' zu dem damaligen Zeitpunkt bereits das Schicksal der ‚Dresden' bekannt war: Auch sie wurde in einem Hafen erwischt und zusammengeschossen. Auf hoher See schienen solche Schiffe noch am allerwenigsten gefährdet zu sein.

Der Kommandant der ‚Münster' ging dann in seiner Rede ausführlich auf seine Sicht der allgemeinen Lage ein, auf den Krieg, auf die Pflicht der Offiziere gegenüber dem Kaiser und dem Vaterland.

Dabei philosophierte er über seine Einschätzung des Seekriegs der zurückliegenden Monate. Er gab zu bedenken, dass die offensive Art, diesen Seekrieg seitens der deutschen Kreuzer zu betreiben, zu großen Verlusten geführt hatte, zu Schiffsverlusten, vor allem aber zu Menschenverlusten.

Dagegen setzte er die relativ geringen Erfolge. Die beiden alten Panzerkreuzer von Coronel hatten, wie jeder sehen konnte, doch eigentlich nur noch Schrottwert gehabt.

Die dabei zu Tode gekommenen britischen Seeleute, mehr als tausend, hielt er für sinnlos gestorben, so dass ihre Schicksale ihm Leid taten.

Ich musste ihm nachträglich darin Recht geben. Nach dem Weltkrieg wurden alle noch intakten Schiffe dieser Jahrgänge einschließlich etlicher sehr viel modernerer in allen Marinen der Siegermächte unverzüglich stillgelegt und verschrottet.

Der Kommandant führte weiter aus, dass der Schaden, den die britische Wirtschaft durch den Verlust von rund 100 Handelsschiffen erlitten hatte, viel zu teuer bezahlt sei durch den Verlust der deutschen Kreuzer und ihrer Begleitschiffe, vor allem aber durch den Tod so vieler Tausend tapferer deutscher Seeleute.

Er persönlich hätte es für viel vernünftiger gehalten, man hätte bei Kriegsbeginn in den jeweiligen Kolonien und Häfen die eigenen Schiffe aufgelegt oder versenkt. Die Besatzungen hätte man seiner Meinung nach ohne weiteres Blutvergießen internieren oder in Gefangenschaft gehen lassen sollen.

Er sei überzeugt, dass die Ehefrau des Grafen Spee in Deutschland ihren Mann und die beiden Söhne, die bei Falkland umgekommen waren, lieber in Gefangenschaft wissen würde als „gefallen auf dem Feld der Ehre".

Auch die Angehörigen der anderen toten Seeleute würden das sicher ähnlich beurteilen.

Ob Deutschland diesen Weltkrieg gewinnen oder verlieren würde, entschiede sich seiner Meinung nach in den Kämpfen auf den Schlachtfeldern in Europa. Wenn das Deutsche Reich dort die Franzosen und die Russen besiegen könnte, würde sich auch Großbritannien dem fügen, und der alte Kolonial-Status würde nach dem Krieg wieder in Kraft treten.

Im anderen Fall wären auch alle Bemühungen in Übersee vergeblich, so tapfer man in der Sache auch hier oder anderswo kämpfen würde. In seinen Augen wäre das Überleben das Wichtigste, im Interesse jedes Einzelnen, aber auch in dem Interesse Deutschlands. Das hätte gesunde und tüchtige Menschen zum Wiederaufbau der zerstörten Strukturen nötiger als gut gepflegte und beweinte Gräber oder Denkmäler.

Ihm sei bewusst, dass etliche seiner Offiziere diese Dinge anders sehen würden als er. So wolle er ihnen die Freiheit lassen, sich hier in der Sache zu äußern.

Dann könnte man gemeinsam mit jedem Einzelnen besprechen und entscheiden, wie man sich verhält und wie das unterschiedlich ausgeführt werden kann, so dass niemand sich in seiner Gewissensfreiheit unterdrückt fühlen muss.

Er bat sie um ihre Meinung, ihre Vorschläge beziehungsweise ihre Wünsche.

Seine Zuhörer waren sehr überrascht. Wer von denen ihn länger und genauer kannte, wunderte sich vielleicht etwas weniger als die anderen, die von ihm direkt Persönliches nicht mitbekommen hatten. Der Kommandant hatte sich in der Vergangenheit offensichtlich selber sehr zurückgenommen, ausgesprochen zurückgehalten, über seine Ansichten und Pläne wenig nach außen dringen lassen.

Auch ich war überrascht, konnte aber der Logik des Vorgetragenen gut folgen. Auch meine Zweifel an dem, was in der Marine und im Deutschen Reich von oben her verfügt, angeleitet, propagiert und durchgesetzt wurde, waren in den zurückliegenden Wochen und Monaten gewachsen. Mir persönlich war klar geworden, dass es daneben ganz andere Maßstäbe und Kriterien geben konnte, als die, die uns oktroyiert zu sein schienen.

Durchaus im deutschen Gesamtinteresse hätte man die Prioritäten anders und richtiger setzen können, als das bisher offiziell geschehen war.

Andere sahen das natürlich auf ihre Art. Die Diskussion ging bei aller Wertschätzung des Kommandanten schnell hoch her.

Der Erste Offizier führte eine Gruppe an, die meinte, heftig widersprechen zu sollen. Er und die Seinen betonten den Gehorsam, die Disziplin und die Pflichterfüllung gegenüber den Idealen der kaiserlichen Marine. Bei aller Freiheit, die in Deutschland jedem Kommandanten eingeräumt würde, hätte der sich doch an die allgemeine Richtung dessen zu halten, was in schriftlichen Befehlen und entsprechenden Hinweisen deutlich würde. Ihrer Meinung nach sei der Kampf bis zur letzten Patrone oder Granate zu führen, ein Einsatz jedes Einzelnen, auch wenn er selber dabei sich, sein Leben und wenn es sein muss, das Überleben seines Schiffes in Frage stellt.

Sie sprachen hier von Verrat, Feigheit und Ehrlosigkeit, wenn Formen von kampflosem Kapitulieren, von vorfristiger Aufgabe, ernsthaft in Erwägung gezogen würden. Selbstversenkung oder Internierung käme für sie nicht infrage, solange ihr Schiff nicht in auswegloser Lage unmittelbar bedroht würde.

Diese Offiziere kamen mit ihrer Argumentation hier aber nicht weiter. Etliche der anderen Kameraden wurden unruhig, der Kommandant selber unterbrach diese Rede.

„Die Worte Verrat, Feigheit und Ehrlosigkeit müssen Sie umgehend zurücknehmen. Wir haben miteinander gemäß den Befehlen des Admirals, also des Grafen Spee, ziemlich erfolgreich gekämpft und uns dabei länger gehalten als alle anderen Kreuzer unserer Gruppe. Das dürfte doch ein Hinweis dafür sein, dass wir diese Befehle besser und richtiger verstanden haben als die Kameraden auf den anderen Schiffen. Denen will daraus sicher niemand einen Vorwurf machen, dass sie sich anders verhalten haben oder dass sie einfach nicht so viel Glück hatten wie wir.

Wir beraten uns hier und wollen gemeinsam festlegen, wie wir sinnvolle Wege in eine Zukunft wählen werden, sicher Wege unterschiedlicher Art. Dabei sollte doch alles vermieden werden, was das Ehrgefühl der Anwesenden belasten könnte. Dass man die Lage und das, was man als seine Pflicht gegenüber Deutschland für geboten hält, unterschiedlich sieht und einschätzt, wird deutlich und soll auch ganz klar eingeräumt sein. Wenn das alles eindeutig wäre, brauchte ich nur die entsprechenden Befehle zu geben und alle Diskussionen wären überflüssig. Das scheint mir aber hier gerade genau anders zu liegen und deshalb beraten wir darüber.

Also, meine Herren, bitte bleiben Sie ruhig. Halten Sie ihre Nerven und Emotionen unter Kontrolle.

Wer anders denkt als man selber, muss nicht automatisch unrecht haben."

Der Erste Offizier gab daraufhin, auch im Namen seiner Freunde, eine formale Erklärung der Zustimmung, jeder spürte den unterdrückten Widerspruch.

Andere, vor allem aus der Gruppe der Ingenieure, stimmten dem Kommandanten ehrlichen Herzens zu. Ich war überrascht, dass sich dieser Gruppe nach einigem Bedenken auch der Arzt und der Pfarrer anschlossen.

Der Kommandant schlug vor, dass die Offiziere, die weiter aktiv am Kriege teilnehmen wollten, doch die Chance nutzen sollten, als „Prisenkommando" mit dem Handelsschiff und den Gefangenen nach Deutschland zu fahren, also zumindest den Versuch zu machen, die britische Blockade zu durchbrechen. Ein kleiner, verhältnismäßig langsamer, also unauffälliger Frachtdampfer dürfte wohl die allerbesten Aussichten haben, getarnt als Schwede oder Däne, sich in die Nordsee durchzuschleichen. Er stellte ihnen frei, sich so viele Männer aus der Mannschaft dazu auszusuchen, wie sie wollten. Es sollte, wenn sehr viele nach Deutschland fahren wollten, nur eine Notbesatzung übrig bleiben, dass die Maschinen mit 20 Knoten betrieben werden könnten und dass wenigstens zwei Geschützbedienungen aktiv zur Verfügung blieben.

Ich erklärte mich bereit, als stellvertretender Artillerie-Offizier an Bord zu bleiben und den Befehl über die verbleibenden Geschützbedienungen zu übernehmen.

Der Erste Offizier und auch der Artillerie Offizier sowie sechs weitere Offiziere bildeten das „Prisenkommando" und fanden dazu in Einzelgesprächen etliche Deckoffiziere und weitere 80 bis 90 Mann, die sich dafür freiwillig meldeten. Sie hofften auf eine gute Heimfahrt, die ihnen aber niemand garantieren konnte.

Die Mehrzahl der Mannschaft vertraute dem Kommandanten, der sie und ihr Schiff Wochen- und Monate-lang gut durch alle Fährnisse dieser Zeit und dieser Gegenden hindurch gebracht hatte. Eine einigermaßen überschaubare Internierung erschien diesen Menschen sehr viel sicherer als eine Fahrt ins engere Kriegsgebiet. Dort konnten britische Kriegsschiffe allen Aussichten ein Ende bereiten, das Schiff versenken, ohne auf die Menschen Rücksicht zu nehmen.

Es hieße natürlich auch im besten Falle, dass in Deutschland für jeden von ihnen ein neuer Kampfeinsatz zu erwarten war, völlig unabsehbar, voller Überraschungen, von denen keiner etwas ahnen konnte. Die Hoffnung, da länger zu den Ihren zu kommen, zu ihren Familien und Freunden, war zumindest solange der Krieg weitergehen würde, in jedem Fall ziemlich unwahrscheinlich.

So überließ man dem Heimat-Frachter die Kohlen, die er bis nach Kiel auf der Fahrt um England herum brauchen würde – das Schiff war damit gut und ausreichend beladen, nahm von seinen Lebensmitteln, was man selber für die absehbare Zeit würde verwenden wollen und trennte sich mit einem gegenseitigen „Gute Fahrt".

# 7

Die ‚Münster' wandte sich wieder der chilenischen Westküste zu. Von diesen Tagen gab es dann nicht mehr viel zu berichten. Wir trafen uns wenn nötig mit dem verbliebenen Kohlendampfer, hatte wohl auch noch Gelegenheit, weiter im Norden das eine oder andere britische oder französische Handelsschiff aufzubringen, ehe sich der Kommandant zur Internierung entschloss. Da wir kein geeignetes Schiff erbeutet hatten, mit dem wir hätte versuchen können, nach Deutschland durchzubrechen, gaben wir die letzten fremden Schiffsbesatzungen an einen Neutralen ab und leiteten, als dieses Schiff außer Sicht war, die Selbstversenkung ein und begaben uns auf dem Begleitschiff nach Valparaíso.

Dort erfuhren wir, dass unlängst die Besatzung der ‚Dresden' in einer Kaserne auf einer Insel nahe der Küste untergebracht worden war. Eine ähnliche Lösung fand sich auch für die unsere verbliebenen etwa 230 Mann der ‚Münster'.

Deutsche beziehungsweise Chilenen, die den Deutschen nahe standen, halfen uns. Sie hatte Canaris geholfen, dem Ersten Offizier der ‚Dresden', der sich mit fremdem Pass auf einem holländischen Schiff nach Europa flüchtete. Dessen Reise ging über London – Canaris blieb dort unerkannt. So landete er schließlich in Rotterdam, von wo er problemlos nach Deutschland kam.

Canaris wurde später Admiral und als solcher in der Nazi-Zeit bekannt als Chef des deutschen Auslands-

Geheimdienstes. Er engagierte sich in der Offiziersbewegung des 20. Juli 1944 gegen Hitler und wurde deshalb im April 1945 auf direkte Weisung Hitlers im Konzentrationslager (KZ) Flossenbürg hingerichtet, gemeinsam mit weiteren Hitler-Gegnern, darunter übrigens Dietrich Bonhoeffer, einem der größten evangelischen Theologen des 20. Jahrhunderts.

Von diesem Dietrich Bonhoeffer hatte ich gehört, meine Tante Else hatte mir Bonhoeffers Buch „Die Nachfolge" nach Chile geschickt. In dem Buch legt Bonhoeffer die Bergpredigt Jesu aus. Später brachte die Tante uns auch „Widerstand und Ergebung", Bonhoeffers Texte aus der Zeit vor der Hinrichtung während der Gefangenschaft in Berlin-Tegel.

Im Ersten Weltkrieg halfen die genannten chilenischen Freunde einer anderen Gruppe deutscher Seeleute zu einer Flucht mit einem Segelschiff, das wegen seiner Segel keine Kohlenprobleme kannte. Die Menschen brachten die lange Reise und den Blockade-Durchbruch erfolgreich hinter sich und kamen gut in Deutschland an.

Sie motivierten die Admiralität, solch ein Segelschiff als Hilfskreuzer auszurüsten.

Das wurde dann die ‚Seeadler', die unter Graf Luckner im Jahre 1917 im Atlantik etliche Schiffe aufbrachte. Sie erlebte mancherlei Abenteuer, trieb Handelskrieg im Südatlantik und im Pazifik. Ihr Ende fand sie bei einer Südseeinsel durch ein Seebeben beziehungsweise durch ein unglückliches Verhalten der Besatzung und musste jedenfalls dort aufgegeben werden.

Graf Luckner selber versuchte mit zwei seiner Leute einen Dampfer zu kapern, zu dem sie mit einem Motorboot gefahren waren. Das scheiterte an der Aufmerksamkeit der Polizei, ebenso wenig Erfolg hatte ein weiterer Fluchtversuch. Graf Luckner blieb bis Kriegsende in neuseeländischer Kriegsgefangenschaft.

Seine übrigen Mitkämpfer kamen auch nach Chile und erlebten dort das Kriegsende.

Über die Hälfte der Mitglieder der verschiedenen Besatzungen, die während des Krieges in Chile gelandet waren, kehrten nach dem Krieg nach Deutschland zurück. Der kleinere Rest blieb im Lande. Einige hatten sich dort angesiedelt, geheiratet, Familien gegründet. Andere fuhren zur See, lebten ungebunden, wo und wie es ihnen möglich war.

Ich hatte in Valparaíso eine Anstellung in einer deutsch-chilenischen Firma gefunden. Mein Schul-Latein macht es mir leicht, mir das nötige Spanisch schnell anzueignen. Englisch sprach ich seit meiner Schulzeit, intensiviert während der Ausbildung zum Seeoffizier und den damit verbundenen Auslandsaufenthalten.

Ich lernte dort Maria, meine spätere Frau, kennen, deren Familie mit dieser Firma verbunden war. Es fiel mir anfangs schwer, meine lutherische Herkunft zurückzustellen und mich auf die katholische Prägung des dortigen Christentums einzulassen. Aber man verlangte von mir keine Konversion, es genügte, dass ich katholisch heiratete und zustimmte, dass die Kinder katholisch getauft und erzogen werden würden.

Damit vermochte ich mich abzufinden – ich unterschied für mich selber sehr deutlich zwischen meinem christlichen Glauben, einer sehr persönlichen Angelegenheit, und einer Zugehörigkeit zu einer Kirche, also zu irgendeiner menschlichen Organisation, die auf Erden versuchte, diese persönlichen Dinge geistlich zu verwalten.

Dass eine Katholische Kirche dabei nur „das Ihre" suchte, schien mir ziemlich naheliegend und nicht weiter verwunderlich. Das fand ich einigermaßen einleuchtend und nachvollziehbar zu verstehen. Darauf stellte ich mich leicht ein, leichter jedenfalls, als ich das meiner Evangelischen Kirche gegenüber hätte tun können, von der ich eigentlich mehr und anderes erwartet hätte.

Der Umstand, dass ich darüber länger meinte nachdenken zu sollen, macht mir selber deutlich, wie schwer ich mich mit all diesen Angelegenheiten tat – so glatt und unproblematisch dies auch - etwa gegenüber meiner neuen Familie in Chile, aber auch in ganz anderem Sinne gegenüber der meiner Eltern in Deutschland - äußerlich zu sein schien. Wie es dabei in meinem Inneren aussah, konnte und wollte ich in beide Richtungen lieber nicht deutlich werden lassen.

Ähnlich war es mit meinem Kommandanten gegangen. Auch der hatte in Chile familiären Anschluss gefunden. Eine weitere Karriere seinerseits in einer deutschen Marine erschien ihm nach der Selbstversenkung seines Schiffes, der ‚Münster', nicht leicht vorzustellen, eigentlich undenkbar.

Der Kommandant erklärte mir, dass er bei der großen Besprechung vor der Trennung in der Haltung seiner Seeoffiziere Ansätze einer Meuterei gesehen hatte, die nur deshalb nicht offen zum Ausbruch kam, weil die Ingenieure da wohl nicht mitgemacht hätten – er selber hatte mit der Möglichkeit seiner Absetzung gerechnet und gehofft, dass man ihn in dem Fall gemeinsam mit anderen Gleichgesinnten auf dem Trossfahrzeug, dem Kohlendampfer, hätte in irgendwelche Internierung abreisen lassen.

Der Frachter, der unter dem Kommando seines Ersten Offiziers im Jahre 1915 Deutschland erreicht hatte, übermittelte Berichte von dieser Besprechung an die Marineleitung. In den Aussagen der Offiziere brachten sie ihre Empörung und den Widerspruch gegenüber dem Kommandanten in Deutschland frei und sehr deutlich zum Ausdruck. Was auf See damals nur mit Mühe hatte unterdrückt werden können, kam in Deutschland offen zum Ausbruch.

Unklar blieb wohl die Reaktion der Vorgesetzten.

Der Kommandant vermutete, als er davon hörte, dass ein Disziplinarverfahren, ein Ausstoß aus der Marine zu erwarten gewesen wäre, hätte er die Absicht deutlich werden lassen, weiter als deutscher Offizier aktiv sein zu wollen.

So richtete er seine Pläne anders aus. Im gelegentlichen Gespräch mit mir beteuerte er immer noch, dass er sein damaliges Verhalten für das einzig sinnvolle und mögliche hielt:

„Wenn wir nach deren Vorstellungen mit dem Kreuzer weiter gekämpft hätten, wäre doch wahrscheinlich niemand von uns, aber auch niemand von denen, die uns dann in Kiel und Berlin verunglimpft haben, noch am Leben. Dann wäre ich in Deutschland ein großer Held, aber tot. Da lebe ich lieber hier und gelte dort als feige und ehrlos. Die werden da in Deutschland noch sehen, wohin sie mit derartigen Maßstäben und Wertungen kommen. Sicher nicht zu dem Deutschen Reich, von dem sie so gerne reden und träumen.

Die Berliner Marine-Fritzen mögen mir ja von ihren Schreibtischen aus eine Menge Dinge vorwerfen, ein Disziplinarverfahren wäre sicher mit schlimmen Vorwürfen gegen mich geführt worden. Aber die Angelegenheiten, für die ich verantwortlich war, habe ich alle erfolgreich ausgeführt. Von meiner Mannschaft ist keiner zu Tode gekommen, die Liste der aufgebrachten Handelsschiffe ist auch nicht kürzer als bei anderen.

Meinen Auftrag, den mir Graf Spee gab, hinter seinem Geschwader Unruhe zu stiften und seine Wege so zu vernebeln, habe ich bis in den mittleren Atlantik so ausgeführt, wie man das nur tun kann, länger jedenfalls, als sein Geschwader aktiv blieb.

Aber das interessiert heute niemanden mehr.

Draufgängertum ist wichtiger als Klugheit.

Dann sollen die ihren Kram ohne uns machen. Wir können auch hier unser Leben führen und werden dabei sicher glücklicher als die in Deutschland."

Ich schätzte meinen Kommandanten als einen sehr belesenen und gebildeten Marine-Offizier. Meine eigene Kritik an den Ereignissen und Verhaltensweisen anderer Offiziere, etwa des Grafen Spee, entwickelte sich aus unseren gemeinsamen Gesprächen und dem dazu gehörigen Informationsaustausch in der chilenischen Internierung.

So brachte ich dabei auch einmal das Gespräch auf eine Frage, die mich selber schon länger bewegte:

„Ist es eigentlich richtig, dass die erfolgreiche Fahrt unseres Frachters mit dazu beigetragen hat, dass man seitens der Admiralität davon abkam, die großen Kästen, die schnellen Passagierdampfer, als Hilfskreuzer auszurüsten und einzusetzen?

Die erfolgreichsten und berühmtesten Hilfskreuzer im Weltkrieg waren doch die ‚Möwe‘ und die ‚Wolf‘, langsame, kleine Frachter, völlig harmlos und unauffällig in ihrer Erscheinung, die sogar vor feindlichen Häfen Minen legen konnten, ohne dass das jemand beachtete oder dass das jemand registrierte?"

Der ehemalige Kommandant stimmte zu: „Davon gehe ich aus. Mit Deutschland habe ich ja auch keinen offiziellen Kontakt mehr gehabt, aber das fällt doch jedem auf, der sich mit diesen Dingen beschäftigt.

Von den großen Passagierdampfern aus der Anfangszeit des Krieges war doch nur die ‚Kronprinz Wilhelm‘ einigermaßen erfolgreich. Vom August 1914 bis zum 1.April 1915 brachte sie 15 Schiffe im Südatlantik auf, in dem Seegebiet, in dem wir auch länger unterwegs waren.

Aber auch dieses Schiff hatte keine Chance, nach Deutschland zurückzukehren, also die britische Blockade zu durchbrechen. Es musste sich in den USA internieren lassen, als der Zustand seiner Maschinen keine andere Möglichkeit mehr zuließ.

Als man dann dazu überging, die kleinen unauffälligen Schiffe zu benutzen, konnten die immer wieder die Blockade-Schiffe täuschen und narren, in beiden Richtungen, raus aus Deutschland und nach erfolgreicher Fahrt wieder zurück. Deren Maschinen scheinen auch robuster gewesen zu sein. Mir ist nicht bekannt, dass die auf ihren doch sehr langen Reisen ernsthafte Probleme damit bekamen.

Ihre Probleme waren andere Art.

Oft hatten sie dabei so viele Menschen an Bord, Besatzung und Gefangene, dass es mit der Ernährung schwierig wurde. Man hörte sogar, dass es Anzeichen und Formen von Skorbut gegeben haben soll, zum Beispiel bei der ‚Wolf‘ und sehr wahrscheinlich auch bereits bei unserem Frachter. An frischem Obst und Gemüse hatten wir doch im Krieg immer nur großen Mangel. Dass man mit den Nahrungsmitteln zunächst die eigene Mannschaft versorgte und danach erst die Gefangenen, das muss doch jeder verstehen.“

Nach 1918 sprach ich gelegentlich wieder mit meinem ehemaligen Kommandanten über diese Themen. Inzwischen hatte das kaiserliche Deutschland kapituliert. Auch die Marine befand sich in einer andern Situation.

Die Revolution in Deutschland hatte auf den Linienschiffen und den Schlachtkreuzern, den „dicken Pötten“, ihren Anfang genommen. Die Mannschaften verweigerten den Offizieren den Gehorsam, als diese um der „Ehre“ willen zu einer letzten Schlacht auslaufen wollten – ob die Briten sich ihrerseits dazu bereitgefunden hätten, kann niemand sagen. Aber im Jahre 1917

waren die USA in den Krieg gegen Deutschland einge-
treten. Ihre Linienschiffe hatten die britische Flotte
noch einmal kräftig verstärkt. Was hätten da die Alliierten in einer Schlacht groß zu fürchten gehabt?

Andrerseits, es gab keinerlei militärische Notwendig-
keit, keinen nachzuvollziehenden Sinn, irgendeine
„Seeschlacht" zu schlagen. Auch wenn deutsche Offiziere (und entsprechende Mannschaften, die bereit gewesen wären, dabei mitzumachen) so lebensmüde hätten
sein wollen, sich in ein solches Abenteuer zu stürzen,
warum sollten besonnene Alliierte sich darauf einlassen? Auch bei einem großen, völlig eindeutigen Siege
müsste man auf ihrer Seite mit Toten rechnen. Wenn
dabei eigene Schiffe trotz aller Überlegenheit vom Gegner zum Sinken gebracht werden würden, drohten
schnell vierstellige Zahlen der Opfer.

Vermutlich wäre also so ein deutscher Vorstoß im
Herbst 1918 sogar vergeblich gewesen, „vergeblich" nur
im Sinne der deutschen Offiziere, die solch einen Ver-
zweifelungsschritt ernsthaft gehen wollten; es wäre
wohl kaum zu einer Schlacht gekommen.

Zum Waffenstillstand, der im November 1918 zustande kam, gehörte die Bedingung, dass sich die moderneren Schiffe der deutschen Schlachtflotte, also die
Schiffe, die in den Jahren nach 1910 in Dienst kamen,
entwaffnet nach Scapa Flow, dem britischen Kriegsha-
fen des Weltkriegs, begeben mussten.

Als im Sommer 1919 der Versailler Vertrag in Kraft
trat, versenkten die Offiziere diese Schiffe dort selber,
damit sie nicht „in Feindeshand" gerieten.

Ich fragte danach meinen Kommandanten, ob er immer noch dächte, sich in einem Disziplinarverfahren nicht rechtfertigen zu können. Den früheren Kameraden, die ihn angegriffen hatten mit Vorwürfen der Ehrlosigkeit, der Feigheit und des Verrats, müsste doch nach den jüngsten Entwicklungen die Sprache verschlagen. Deren romantische Vorstellungen seien doch spätestens seit Scapa Flow widerlegt.

Der Kommandant widersprach: „Nein, gerade die Selbstversenkung von Scapa Flow ist doch Ausdruck dieser verlogenen Romantik, die sich doch auch hier wieder einmal objektiv gegen die wirklichen deutschen Interessen stellt. Die versenkten Schiffe müssen die Deutschen zusätzlich neben den anderen Reparationskosten extra bezahlen. Außerdem verlieren sie nachträglich die Linienschiffe der ,Helgoland'- und der ,Nassau'-Klasse, die als Ersatz für die versenkten Schiffe ausgeliefert werden mussten. Die Reichsmarine hat nun bloß noch die uralten Vor-Dreadnought-Schiffe der ,Braunschweig'- und der ,Deutschland'-Klasse, die man eigentlich nur noch als Schulschiffe nutzen kann – sie sind doch ohne jeden militärischen Wert.

Der kaiserliche Militarismus hatte die Zeichen der Zeit seit etlichen Jahrzehnten nicht mehr verstanden.

So kamen wir alle in den Weltkrieg.

So mussten wir diesen Krieg verlieren.

Wenn Deutschland nun nicht schnell lernt, auf den Frieden zu setzen, sehe ich für seine Zukunft schwarz.

Deshalb werde ich auch hier in Südamerika bleiben.

Im Blick auf Deutschland bin ich pessimistisch."

Mir leuchteten diese Reden meines ehemaligen Chefs und Vorgesetzten inzwischen vollkommen ein, besser hätte ich die Situation auch nicht beschreiben können.

Wenn ich das jetzt im Jahre 1960 auf meiner Rückfahrt von der Bundesrepublik aufschreibe, dann um den jüngeren Menschen deutlich zu machen, dass man solche Erkenntnisse bereits nach dem Ersten Weltkrieg gewinnen konnte. Da musste nicht erst ein Hitler die ganze Welt erneut ins Unglück stürzen und Deutschland einen zweiten Weltkrieg verlieren.

So schlau war mancher auch schon früher.

# 8

Mit meiner Familie in Stettin blieb ich in brieflichem Kontakt:

Einerseits freute man sich zu Hause, dass ich alle Abenteuer und Gefahren in der Zeit des Weltkriegs gut und unbeschädigt überstanden hatte. Sie schrieben mir von Heinrichs Tode, von meinem jüngeren Bruder, der im Schützengraben in Frankreich, konkret in den Kämpfen um Verdun, schwer verwundet worden war und der sich dann im Lazarett später von seinen Verletzungen nicht wieder erholt hat.

Meine Schwester, deine Großmutter, lieber Stefan, hatte in Stettin inzwischen geheiratet, auch wieder einen Lehrer, wie mein Vater, der absehbar in den Ruhestand gehen würde.

Man fragte nach Maria, meiner Frau, und wollte sich die Einzelheiten der katholischen Hochzeit erzählen lassen.

Zugleich sahen meine Eltern in meiner Akzeptanz des Katholizismus, in meiner Hinwendung zu dem, dem sie in Deutschland aus guten Gründen meinten widerstehen zu sollen, eine Form von Verrat an dem, was meiner Familie heilig und wichtig war. Sie hielten mir ihre Position vor, von der sie dachten, dass das auch die Meine sein müsste, und hätten gerne mit mir darüber länger gesprochen.

So blieb nur: „Das kannst Du doch nicht machen!"

Deswegen bedauerten meine Eltern und die Schwester die Trennung. Auch ich selber wäre gerne mit ihnen ausführlich auf die Einzelheiten eingegangen. Ich hätte ihnen meine veränderten Einstellungen lieber mündlich erklärt als nur in Briefen.

Ich begnügte mich jedoch ihnen gegenüber mit Andeutungen. Einerseits würden diese Dinge sehr weit und tief gehen, andrerseits war ich selber ziemlich sicher, dass meine Eltern das alles nur sehr schwer, vermutlich aber auch gar nicht wirklich würden verstehen können.

Ich fragte aber meine Eltern, die ja „gläubige Christen" sein wollten, wie ihrer Auffassung nach Gott im Himmel über den Weltkrieg und die damit verbundenen Gebete wohl denken würde.

Hätte der ihrer Auffassung nach Partei bezogen?

Auf Seiten der Deutschen?

Oder gar auf der der Franzosen?

Es würde mich interessieren, wie sie während des Krieges gebetet hätten.

Beteten sie zu Gott um den Sieg der deutschen Waffen, wie es doch wohl viele Pfarrer in den Gottesdiensten getan hätten?

Hätten sie Verständnis für entsprechende Gebete französischer, britischer oder russischer Familien?

Oder deren Geistlichen in den Gottesdiensten dieser Länder?

Ich bestätigte ihnen noch einmal, dass meine frühere Entscheidung, nicht Theologie zu studieren, unter den

Bedingungen der Zeit nicht als Pfarrer tätig sein zu wollen, immer noch, heute sogar deutlicher als früher, meiner Auffassung, meiner Überzeugung, vor allem aber auch meiner Glaubens-Überzeugung entsprach.

Meine Eltern gingen darauf nicht näher ein, deutlich wurde aber aus den Briefen, dass auch sie von den Ereignissen nicht unberührt geblieben waren.

Für sie standen die politischen Ereignisse dabei im Vordergrund. Die Niederlage des Deutschen Reiches machte sich als Zusammenbruch einer Weltanschauung bemerkbar. Nichts von dem, was seit je gegolten hatte, war noch zweifelsfrei in Kraft.

Der Kaiser war weg. Manche warfen ihm sein plötzliches Verschwinden nach Holland vor. Sie nannten das „Desertion", „Fahnenflucht", die jeden Offizier wenigstens seine Ehre, vielleicht auch sein Leben hätte kosten können.

Ich hatte von Kaiser Wilhelm II. als Person nie viel gehalten. Seine vollmundigen Reden lösten – nicht nur bei mir! – viel zu häufig beredtes Schweigen aus.

Aber dass der in einer Situation, die nach Revolution roch, lieber abtauchte und ins Ausland ging, damit verhielt er sich doch wohl klüger als sein Cousin Nikolaus II. von Russland, der nach den Revolutionen in seinem Lande so lange abwartete, bis man ihn und seine Familie umbrachte.

Darauf wollte es Wilhelm II. nicht ankommen lassen.

Viele blieben in Deutschland konservativ, deutschnational, skeptisch gegenüber einer sozialdemokratischen Regierung, die nun das Leben zu regeln versuchte, skeptisch einem Reichspräsidenten Ebert oder einem Reichswehr-Minister Noske gegenüber. Man betrachtete eine Republik skeptisch, die sich nach ihrer Weimarer Verfassung nannte.

Wütend war man überall in Deutschland über den Versailler Vertrag, mit dem unter den Weltkrieg ein Schlussstrich gezogen werden sollte. Dass darin unterschrieben werden musste, dass Deutschland allein die Schuld an diesem Kriege zu übernehmen hätte, hat sicher kaum ein Deutscher eingesehen und ertragen können.

Dass außer Elsass-Lothringen auch erhebliche weitere Teile bisher deutschen Gebietes zur Gründung eines unabhängigen Polens abgegeben werden mussten, weitere Gebiete in Grenzbereichen mit Belgien, an der Saar, mit Dänemark, aber auch in Oberschlesien und an der Memel zumindest strittig wurden, erschien vielen ungerecht und nicht zumutbar.

Dass das Rheinland nicht nur entmilitarisiert, sondern wenig später einschließlich des Ruhrgebiets auch besetzt wurde - unter dem Vorwand irgendwelcher ausgebliebener Kohlelieferungen, das beschrieb man mir brieflich. Man erläuterte mir so die Lage, und ich konnte das mit meinem Deutschland-Bild von 1913 nur sehr schwer zusammen bringen.

Dass Deutschland nun keine Kolonien mehr hatte und keine Kolonial-Kreuzer mehr brauchen würde, spielte da für viele Menschen auch nur noch eine untergeordnete Rolle.

Dann begann die Inflation. In all den Jahren hatte ich immer wieder mal überlegt, meine Angehörigen in Deutschland zu besuchen. Mit meiner Frau ging das dann bald nicht mehr. Wir hatten Kinder, die viel zu klein waren, als dass man mit ihnen eine solche Reise unternehmen würde, einen Sohn und eine Tochter.

Allein schien mir eine solche Europa-Reise nicht besonders passend. In der Inflationszeit schickte ich den Eltern stattdessen lieber gelegentlich ein paar Dollar. Das war für sie in der Zeit vermutlich eine wirkliche Hilfe: Während alles deutsche Geld zwischen den Fingern wertlos zerrann, behielten Dollars ihre Kaufkraft.

Auch in Chile gingen die Geschäfte unterschiedlich. Es gab Zeiten, in denen dann jeder nur mit sich selber beschäftigt sein konnte.

# 9

Dabei kamen mir die Briefe aus Deutschland nicht aus dem Kopf.

Wie ungerecht war der Versailler Vertrag?

War das eine gerechte Bestrafung eines preußischen Militarismus?

Hatte Deutschland nichts Besseres verdient?

War das Deutsche Reich schuld am Weltkrieg, wie es in dem Vertrag unterschrieben werden musste?

Wenn ja, war es allein schuld?

Welche Verhaltensweisen der anderen Mächte trugen zum Kriegsbeginn bei?

Angesichts dieser Schuld-Fragen hatte ich immer noch Mühe, mich in der Welt und Gott gegenüber zu Recht zu finden.

Ich dachte über die deutsche Geschichte der letzten hundert Jahre nach.

In der Schule hatte man uns gelehrt, dass die Gründung des deutschen Kaiserreiches Höhepunkt dieser Geschichte sei. Dazu gehörte, dass Bismarck der bedeutendste deutsche Politiker sei, dem man entsprechend überall Denkmäler und Aussichtstürme weihte.

War die deutsche Einigung wirklich ein großer Segen?

Wenn ja, für wen?

Eine Einigung generell?

Oder war nur die Einigung zu hinterfragen, die Bismarck mit den drei Kriegen 1864, 1866 und 1870/71 herbeigeführt hatte?

Dass ein Zollverbund und der Zusammenschluss vieler deutscher Kleinstaaten sinnvoll waren, konnte eigentlich niemand bezweifeln. Dass größere Einheiten erfolgreicher wirtschafteten als kleinere, das konnte jeder am Erfolg der USA sehen, die in den Jahrzehnten meiner Lebenszeit auf den ersten Platz in der Welt vorgerückt waren.

Dazu hatte der Ausgang des Weltkrieges beigetragen. Zuvor nahm Großbritannien unbestritten militärisch und wirtschaftlich den Platz Nummer Eins in der Welt ein. Im Kriege wurden England, Frankreich und Deutschland europäische Mittelmächte, später im Völkerbund saßen sie neben Italien und Japan hinter den USA, deren Dollars alle Währungen dominierten und alle Geschäfte bestimmten.

Also: Eine deutsche Einheit erschien mir trotz alledem als eine gute Sache.

Wenn daraus eine Katastrophe erwuchs wie der Weltkrieg, dann musste man weiter nach anderen Ursachen suchen.

Waren die Ereignisse des Weltkriegs eine Folge der Einigung von oben, die Bismarck zu verantworten hatte?

Wäre eine Einigung von unten, etwa im Zusammenhang der Ereignisse des Jahres 1848 politisch klüger gewesen?

War Bismarck bei all seinen Verdiensten doch auch ein fehlerhafter Politiker?

Er hatte sich 1866 gegen den preußischen Einmarsch in Wien ausgesprochen und sich damit gegen die Militärs und gegen den König, den späteren Kaiser Wilhelm I., durchgesetzt.

Hätte er entsprechend den deutschen Einmarsch 1871 in Paris verhindern sollen?

Das hätte bedeutet, dass er nach Sedan mit den Franzosen hätte Frieden schließen müssen, als das Napoleonische Heer der Franzosen eingekreist, geschlagen und in Gefangenschaft geraten war.

Ich versuchte, diesen Gedanken weiter zu verfolgen.

Das wäre auch nicht unlogisch gewesen.

Hatte Bismarck doch den Standpunkt vertreten, den Krieg von 1870 habe Napoleon III. und seine französische Regierung zu verantworten. Die deutschen Staaten führten da nur einen Verteidigungskrieg.

Dann wäre es konsequent gewesen, nach der Gefangennahme dieses Kaisers in Sedan und seiner Absetzung in Paris die Kampfhandlungen einzustellen und mit einer neuen französischen Regierung Frieden zu schließen. Aber man meinte, aus militärischen Gründen auf den weitgehend französischsprachigen Gebieten von Elsass-Lothringen bestehen zu sollen. Die Festungen Strasbourg und Metz stachen in die Augen.

Die Gebiete hatten lange zurückliegend zum alten Deutschen Kaiserreich gehört und waren in der Zeit Ludwig XIV., also Ende des 17. Jahrhunderts, von Frankreich annektiert worden, also etwa 200 Jahre französisch gewesen. Sie hatten aber, da weitgehend evangelisch, in religiöser Beziehung innerhalb des katholischen Frankreichs einen gewissen Sonderstatus bewahrt.

So wurde zum Beispiel der berühmte französische Feldherr Moritz von Sachsen in einer lutherischen Kirche in Strasbourg beigesetzt. Er hatte Zeit seines Lebens an dem Glauben seiner Herkunft festgehalten. So wurde ihm aus religiösen Gründen dort ein Denkmal gesetzt, wo er selber kaum je gelebt hatte.

Wäre Bismarck wirklich der große deutsche Politiker gewesen, der über alle Kritik erhaben gewesen wäre, hätte er doch erkennen müssen, dass mit der Durchsetzung der Forderung auf Elsass-Lothringen der Krieg dieses Napoleon III. zu einem deutsch-französischem Kriege mutierte, der dann natürlich mit dem Waffenstillstand und dem den Franzosen oktroyierten Vertrag nicht wirklich beendet sein würde.

Bismarck hätte das nicht nur erkennen, sondern hätte sich auch dieser Erkenntnis entsprechend verhalten sollen, also eine Politik durchsetzen müssen, die nicht zu Belastungen kommender Generationen führen dürfte.

Bismarck hat sich danach zwar wiederholt so geäußert, dass er sich dieser Logik bewusst war. Ihm wurde auch deutlich, dass dieses deutsche Reich nun nicht mehr wirklich frei war in seinen außenpolitisch relevanten Entscheidungen. Stattdessen musste es immer auf Frankreich blicken wie das Kaninchen auf die Schlange, mit einem französischen Überfall rechnen und konnte im Besitz von Elsass-Lothringen nie wirklich in Frieden leben.

Zur Erhaltung und Bewahrung der militärischen Überlegenheit der Jahre 1870/71 musste man in

Deutschland militärisches Denken fördern, ein entsprechendes Klima, zuerst an den Schulen und Universitäten, dann aber auch bei den Journalisten, in der Kultur im allgemeinen, nicht zuletzt aber auch im Bereich der Kirche, in den Predigten der Pfarrer und in der Ausgestaltung der entsprechenden Gedenktage.

Menschen, denen an einem Leben im Frieden wirklich gelegen ist, dürften das als eine Form von Vergiftung des zwischenmenschlichen Miteinander verstehen.

Hatte es zwischen 1866 und 1871 in Preußen-Deutschland einen Bruch gegeben?

War die deutsche Politik bis dahin rational?

Danach abgehoben, arrogant und unvernünftig?

Übermütig und besoffen von den Siegen?

Wenn man solche Fragen bejahen musste, dann hatte das Folgen:

Dann war die Reichsgründung in Versailles im Januar 1871 eine Fehlkonstruktion, der Weltkrieg, den man später den Ersten Weltkrieg nannte, eine logische Konsequenz dieser Fehler.

Aus diesen Fehlern erwuchs die ständige Angst deutscher Regierungen, die zu ständigen Rüstungsschritten, zu Heeresvergrößerungen u. ä. führte. Dass diese deutschen Rüstungsanstrengungen entsprechende Maßnahmen auf französischer und russischer Seite zur Folge haben mussten, lag auf der Hand. Die Jahre vor 1914 waren charakterisiert durch quantitatives und qualitatives Wettrüsten.

Die hinzukommenden Flotten-Spielereien eines Wilhelm II. komplizierten die Lage im Blick auf Großbritannien zusätzlich, ohne dass das aber eine wirkliche Kriegsursache gewesen sein dürfte. In all den Jahren vor dem Weltkrieg gab es kein Jahr, in dem nicht die Briten mehr und deutlich stärkere Schiffe bauten und in Dienst stellten als die kaiserlich-deutsche Marine.

Ich wusste, woran ich hier dachte. Als Artillerie-Offizier litt ich mit meinen Kollegen unter den schwachen und durchgehend unterlegenen artilleristischen Ausstattungen unserer Schiffe. Auf entsprechende Fragen hieß es dann immer: „Die Briten sind sowieso zur See die Stärksten, mit denen wollen wir uns gar nicht vergleichen, die wollen wir nicht zu einem Wettrüsten herausfordern. Unsere absehbaren Gegner auf den Meeren sind Frankreich oder Russland. Unsere Marine-Artillerie ist dafür stark genug."

Bei den Gesprächen mit britischen Offizieren noch in der Friedenszeit pflegten die zu lächeln, wenn sie deutsche Kreuzer besichtigten. Als Deutscher konnte man dabei den Eindruck gewinnen, dass die Briten das deutsche Bemühen um Seegeltung meist nur als Wichtigtuerei abtaten.

Das sah dann bei Begegnungen im Kriege oft ganz anders aus. Dort wurde die auf dem Papier bestehende britische Überlegenheit in vielen Fällen zur realen Unterlegenheit, das zeigte sich gelegentlich recht deutlich, nicht zuletzt in der Skagerrak-Schlacht am 31.Mai und 1. Juni 1916.

Da verloren die Briten mehr Schiffe, vor allem aber mehr Menschen: Auf britischer Seite kamen fast 7000 Seeleute ums Leben, auf deutscher Seite fuhren nur gut halb so viele Schiffe – man war also numerisch deutlich unterlegen – aber es starben deutlich weniger Deutsche, immerhin über 2500 Männer. Zugleich gerieten 177 britische Seeleute in deutsche Gefangenschaft, d.h. wurden von deutschen Schiffen im Wasser treibend gerettet. Kein englisches Schiff hat an dem Tag einem Deutschen entsprechend geholfen, *vielleicht müsste es heißen:* helfen können oder helfen müssen.

Es gingen dabei auch deutsche Schiffe unter, aber die Briten verloren mehr als doppelt so viele. Auf der deutschen Seite ist nur ein Schiff in die Luft geflogen, explodiert nach einem Torpedo-Treffer, die unglückliche „Pommern", die auf dem Rückweg in den Hafen beim Morgengrauen einem britischen Zerstörer zum Opfer fiel. Die ‚Pommern' war ein altes Vor-Dreadnought-Schiff, das im Jahre 1916 in solch einer Schlacht eigentlich nichts mehr hätte zu suchen gehabt haben dürfen.

Andere deutsche Schiffe, die in der Schlacht blieben, hatten nach den eigentlichen Kämpfen erhebliche Beschädigungen, so dass sie von den Deutschen selber versenkt wurden, als man sich wieder auf den Heimweg machte – ich hatte von Offizieren gehört, die die Meinung vertraten, dass zum Beispiel die ‚Lützow', der modernste der deutschen Schlachtkreuzer, durchaus hätte eingebracht werden können, wenn die Besatzung auf dem ganz neuen Schiff gründlicher eingefahren gewesen wäre und bessere Nerven behalten hätte. So stiegen sie auf irgendwelche Torpedoboote und ließen die das beschädigte Schiff mit ihren Torpedos versenken. Die schwerer beschädigte ‚Seydlitz' - ein anderer Schlachtkreuzer - hatte über 5000 Tonnen Wasser im Schiff und musste über den Achtersteven die Heimfahrt antreten, der Bug schaute kaum noch aus dem Wasser! Aber ihre Besatzung gab sie nicht auf und brachte sie mit mehr-tägiger Verspätung wieder in den Hafen.

Die Schlacht hat für den Kriegsverlauf keine Rolle gespielt, aber für uns deutsche See-Offiziere war dies doch ein großer Tag, da er die Arroganz der britischen Offiziere deutlich beendete.

Wie war das nun aber mit der Kriegsschuld-Frage?

Dass die deutsche Politik in den Jahrzehnten zuvor Fehler gemacht hatte, dass auf die französische Schuld am Krieg von 1870/71 eine deutsche Schuld erwuchs, schien mir klar zu sein, unbestreitbar. Aber waren deshalb im Jahre 1914 alle anderen Beteiligten unschuldig?

Auf diese Frage konzentrierte sich nun mein Nachdenken.

Ich wusste, dass es üblich war, dass bei Ehescheidungs-Prozessen einer der beiden Partner dafür die „Schuld" zugesprochen bekam oder dass er auch freiwillig die Schuld übernahm – aus welchen Gründen auch immer.

Ich wusste aber auch, dass dieses Verfahren heftig umstritten war. Ich kannte genug Menschen, die bei jeder Ehescheidung oder auch Trennung derartiger Partner zumindest beiden Beteiligten einen gewissen Schuldanteil zurechneten, gelegentlich durchaus auch irgendwelchen Dritten oder Vierten. Selten nur hat das Verhalten eines Beteiligten allein zum Scheitern der Beziehung geführt, zumeist gibt es da doch weitere in solchen Konflikt verwickelte Menschen.

Warum sollte das bei der Betrachtung der Verhältnisse unter den Staaten oder Nationen nicht ähnlich sein?

Wenn ich an den 1870er Krieg dachte, erinnerte ich mich gut an die „Emser Depesche", einen Text, den Bismarck zusammengestellt hatte und der die eigentliche französische Kriegserklärung auslöste. Sicher gab es damals deutlich erkennbare kriegstreiberische Aktivitäten der französischen Seite, deren Protest gegen einen Hohenzollern auf dem spanischen Thron, deren Aggressivität auch nach dem Verzicht der Hohenzollern usw.

Aber Bismarck war nun eben auch keine „Friedenstaube". Er schien mit dem Krieg gegen Frankreich gerechnet zu haben und nahm das unter den gegebenen Umständen hin und in Kauf und machte daraus eine Situation zur „Einigung von oben" und zur Reichsgründung.

Wenn man die Ereignisse von 1870 und 1871 so bewerten will, dann wird man ähnlich auch für 1914 und die Jahre danach urteilen müssen:

Der Anlass des Weltkriegs, die Ermordung des österreichischen Thronfolgers in Sarajevo, war nun weder Deutschland noch Österreich vorzuwerfen. Ob Staaten auf die Ermordung ihrer führenden Politiker mit militärischen Drohungen reagieren müssen, ist sicher strittig.

Andrerseits: Was definiert den Begriff „Terroristen" eindeutiger als solch ein Attentat?

Wird man da nicht jedem Staat das Recht auf Selbstverteidigung zuerkennen?

Wie sind dann die Versuche zu bewerten, diese Verteidigungsmaßnahmen zu nutzen- *oder sollte man besser sagen:* auszunutzen, zu missbrauchen, seinerseits Ultimaten zu stellen, Mobilmachungsmaßnahmen einzuleiten, alte Rachegelüste auszuleben, wie es manchem Politiker in Russland und Frankreich im Juli 1914 ratsam schien?

Andrerseits: Alle Staaten standen in einer rasanten wirtschaftlichen Entwicklung, die einen schneller, andere weniger erfolgreich. Manche Regierungen trauten der eigenen guten Entwicklung mehr zu als der der Konkurrenten. Und deshalb gaben sie auch den eigenen militärischen Mitteln mehr Gewicht, als denen der anderen Seiten und meinten von daher, einen Krieg riskieren zu sollen, *oder sollte man besser sagen:* zur Durchsetzung eigener politischer Ziele den Krieg in Kauf nehmen zu sollen? Trafen solche Überlegungen zu oder blieben sie nur inhaltslose Vermutungen, leere Unterstellungen?

Oder war es Neid, dass man gute wirtschaftliche Entwicklungen bei den Nachbarn nicht in den Himmel wachsen lassen wollte?

Wie stand es mit dem jeweiligen persönlichen Ehrgeiz führender Politiker oder Militärs, die meinten, eine gute Gelegenheit nicht ungenutzt verstreichen lassen zu sollen, sich einen Namen zu machen und so in die Geschichtsbücher eingehen zu können?

Ich meine genug fehlerhaftes Verhalten auf Seiten aller Beteiligten feststellen zu können, dass eine Schuldzuweisung einseitig in eine Richtung die Wirklichkeit jedenfalls nicht korrekt wiedergeben kann.

In dem Punkt war dem Versailler Vertrag klar und deutlich zu widersprechen. Er konnte so kein wirklicher „Friedensvertrag" sein, sondern nur eine besondere Form eines zeitweiligen Waffenstillstands.

War damit Hitlers Überfall 1939/40 gerechtfertigt?

Sicher nicht.

Die Alliierten sahen ja in den dreißiger Jahren selber ein, dass die Bestimmungen dieses Vertrages nicht aufrechterhalten werden konnten, dass also der Vertrag revidiert oder Teile seiner Bestimmungen verändert werden mussten.

Eine konsequente Friedenspolitik, wie sie der deutsche Außenminister Stresemann in den zwanziger Jahren begonnen hatte, hätte bei besserer alliierter Unterstützung sicher gute Erfolge für ein friedliches Miteinander in Europa einleiten können.

Ich kannte von Chile aus nicht die Hintergründe der europäischen Politik dieser Jahre. Politische Beobachter dieser Länder müssten besser wissen können, ob und wie politische Kräfte wie die von Hitler durch besseres europäisches Verhalten hätten verhindert oder gebremst werden können, ehe Nazi-Deutschland seine Kriegsrüstung zu so gefährlicher Stärke hatte bringen können.

Anlässe sah ich dazu durchaus:

Als Hitler und Mussolini 1936 in Spanien Franco unterstützen, haben Großbritannien und Frankreich in falscher Neutralität diese siegen lassen.

Auch in München 1938 brauchte man Hitler nicht gewähren zu lassen.

Wahrscheinlich hätten aber auch frühzeitige militärische Schritte gegen Hitlers Verstöße gegen die Rüstungsauflagen des Versailler Vertrags sehr viel schneller und preiswerter Erfolg gehabt als den verlustreichen und sehr aufwändigen Sieg von 1945.

# 10

Durch diese Überlegungen zu den dreißiger Jahren will ich mich aber nicht davon abbringen lassen, über die deutsche Politik nachzudenken, die zu den Ereignissen der Jahre des Weltkriegs geführt hatten.

Die deutsche Politik der Jahre vor 1918 kann ich bis heute nur sehr kritisch sehen, durch und durch voller Fehler.

Vielleicht trifft diese Kritik aber auch in erster Linie die militärische Führung.

In der Zeit meiner Offiziersausbildung habe ich natürlich auch das grundlegende Werk eines v. Clausewitz gelesen, das Buch „Vom Kriege". Dessen erste und allgemein bekannte These lautet, dass „der Krieg die Fortsetzung der Politik mit anderen Mitteln" zu sein hat.

Das bedeutet, dass die Militärs den Politikern und deren Anweisungen untergeordnet sein müssen und es auch während eines Krieges bleiben. Ein Krieg kann nur soweit verantwortet werden, wie er – auch im Blick auf seine Zerstörungen und damit verbundenen Kosten – der Durchsetzung vertretbarer politischer Ziele dient. Es kann keine militärischen Sachzwänge geben, die über eine politische Einschätzung der Gesamtlage gestellt werden dürfen, somit vernünftiger Weiseauch keinen „totalen Krieg" – frei von allen politischen Rücksichtnahmen und Überlegungen.

Als ein Beispiel dafür sehe ich die Situation im Jahre 1866, als Bismarck seine politische Entscheidung gegen das Militär durchsetzte, nicht in Wien einzumarschieren.

Militärisch wäre solch ein preußischer Einmarsch die klare Dokumentation des Sieges gewesen.

Für Bismarck hätte diese Provokation Österreichs durch die Preußen sehr unerwünschte politische Folgen gehabt – vermutlich hätte Österreich vier Jahre später in den Krieg an der Seite von Frankreich eingegriffen. Das konnte Bismarck so verhindern.

Das Militär hatte das im Jahre 1866 hinnehmen müssen. Hätte man sich in Preußen anders entschieden, hätte man mit einer solchen Haltung in Österreich seine späteren Erfolge in Frankreich 1870 ernsthaft aufs Spiel gesetzt.

Für alle Deutschen war es so jedenfalls eindeutig besser.

In den Jahren danach geriet hier offensichtlich im Verhältnis der Militärs zu den Diplomaten einiges durcheinander. Schon Bismarcks Haltung in der Frage Elsass-Lothringen konnte als ein erster Schritt in die falsche Richtung gesehen werden. Aber dieser Schritt geschah noch unter der Leitung des Diplomaten Bismarck.

Nach Bismarck sah sich das Militär in Deutschland nicht mehr genötigt, auf Diplomaten überhaupt noch Rücksicht zu nehmen.

Das Militär betrieb nun seine Vorhaben unabhängig von politischen Vorgaben. Man entwickelte eine „Schlieffen-Plan", der einen Überfall auf Belgien vorsah, wenn es zu einem Krieg mit Frankreich kommen sollte, ohne die möglichen diplomatischen Folgen mit den deutschen Berufs-Diplomaten abzusprechen.

Man war eng mit Österreich verbündet, aber es hatte offensichtlich weder politische noch militärische Absprachen gegeben, ob und wie man im Falle eines Falles mit einander gemeinsam handeln wollte.

Diese Fehlentwicklung spitzte sich mit innerer Logik zu bis hin zu der absolut unsinnigen Folge, dass das deutsche Militär Ende Juli/Anfang August 1914 die deutsche Diplomatie zwang, auf die russische Mobilmachung mit einem Ultimatum zu reagieren. So löste man den Krieg mit Russland und Frankreich aus und zog mit dem Überfall auf Belgien Großbritannien in den Krieg hinein.

Das Militär meinte an älteren Planungen festhalten zu müssen, über die die Zeit und weitere Entwicklungen hinweggegangen waren.

Diese Pläne sahen vor, ehe irgendwelche Gegner wie auch immer aktiv werden konnten, Belgien, zumindest Liege, im Handstreich zu besetzen, so französische Verteidigungsversuche nördlich zu umgehen, französische Streitkräfte auszuschalten oder zu neutralisieren und später nach einem Sieg über Frankreich dann im Osten den Österreichern zu helfen und die Russen zu bekämpfen und zu besiegen.

Bei diesen Planungen hatte wohl niemand an Großbritannien gedacht. Die leitenden Militärs bewegten sich in Vorstellungen des Landkriegs und planten maximal einige Wochen im Voraus. Britische Truppen verursachten ihnen dabei wenig Sorgen, Marine-Belange interessierten so wenig wie diplomatische Folgen.

Ich fragte mich, ob es überhaupt zu einem Weltkrieg gekommen wäre, wenn die militärisch Verantwortlichen die Schrift von Clausewitz ernst genommen hätten.

Was wäre wohl geschehen, wenn die Militärs die zentrale These von Clausewitz nicht in ihr Gegenteil hätten verkehren dürfen?

Wie hätten die Ereignisse wohl ihren Lauf genommen, wenn man die Generäle unter eine politische Führung gestellt hätte, die denen Verhaltensmaßregeln gegeben hätte, an die die sich hätten halten müssen?

Dann hätten sie in der Situation, in der ein Krieg droht, diesen Politikern gehorchen müssen. Man hätte politische Gespräche mit den Verbündeten geführt, politische Ziele und Kompromissvorschläge erörtert und deren Ergebnisse den leitenden Offizieren als Voraussetzungen ihrer Aktivitäten vorgeschrieben.

Die von militärischer Seite Ende Juli 1914 vorgebrachten „Sachzwänge" hätte man keinesfalls gelten lassen brauchen. Politische Gegebenheiten und potentielle Möglichkeiten irgendwelcher Verhandlungen oder Kompromisse hätten dann an erster Stelle berücksichtigt werden können.

Solange man über Kompromisse nachdenkt und verhandelt, darf es keine Ultimaten geben. Wenn dann trotzdem eine der beteiligten Seiten mobil macht, kann man überlegen, wie weit es notwendig oder sinnvoll ist, derartiges mit eigenen Mobilmachungs-Schritten zu beantworten. Wenn man die Situation dadurch nicht zusätzlich verschärfen wollte, könnte man sich auf regionale Teilmaßnahmen in direkt angrenzenden Gebieten beschränken.

Clausewitz betont in seinem Werk auch ausdrücklich, dass die Verteidigung die stärkere Form der Kriegsführung ist. Als Voraussetzung eines Angriffs nennt er eine wenigstens dreifache Überlegenheit.

Seiner Meinung nach laufen sich alle Angriffe an ihren immanenten Reibungsverlusten irgendwann tot, wenn sie in ihrer Zielsetzung nicht von vornherein strickt begrenzt sind. Der sich verteidigende Gegner kommt früher oder später gegenüber dem Angreifer in eine überlegene Position, der gegenüber der Aggressor dann in der Regel scheitert.

Clausewitz belegt dies unter anderem mit Napoleons Schicksal 1812 in Russland.

Beim Betrachten der deutschen Geschichte im 20. Jahrhundert dürften jedem unvoreingenommenen Beobachter – da bin ich mir ganz sicher! – etliche weitere Beispiele in den Sinn kommen.

Die kaiserliche Propaganda betonte im August 1914, dass Deutschland eingekreist und von allen Seiten bedroht sei und dass alle Deutschen gemeinsam die bösen Feinde abzuwehren hätten, dass also ein strikter Verteidigungskrieg geführt werden müsse.

Wenn man das die Welt glauben lassen mochte, warum verhielt man sich da nicht entsprechend?

Mussten nicht alle diese Worte unglaubwürdig werden, wenn man unter fragwürdiger Berufung auf irgendwelche Verteidigungsdoktrinen aggressiv in die Nachbarländer einmarschierte, noch dazu in solche wie Belgien, deren Neutralität außer Zweifel stand?

Wenn man stattdessen defensiv geblieben wäre, wenn also zum Beispiel deutsche Truppen gemäß der kaiserlichen Propaganda an der französischen Grenze defensiv Aufstellung genommen hätten, ohne belgisches Gebiet zu verletzen, hätte Großbritannien zumindest keinen Vorwand gehabt, in dem Krieg aktiv einzugreifen.

Großbritannien hätte sich mit großer Wahrscheinlichkeit in den Krieg hineinziehen lassen, wenn die Lage der Franzosen irgendwann irgendwie kritisch geworden wäre.

Aber da Deutschland keinerlei vernünftig zu begründende Gebietsforderungen an Frankreich zu stellen hatte, hatte es im Jahre 1914 doch auch keinen vernünftigen Grund gegeben, gegen Frankreich offensiv vorzugehen.

Deutschland hätte, solange die Briten neutral blieben, seine internationalen Verbindungen nach allen Seiten offen nutzen können – die französische Marine dürfte nicht in der Lage gewesen sein, auf den freien Meeren deutschen Schiffen ernsthaft gefährlich werden zu können.

Mir ist bekannt, dass in dem Bündnis zwischen Frankreich und England die Briten den Franzosen zugesagt haben sollen, die deutsche Marine an einem offensiven Vorgehen im Kanal zu hindern. Eine kluge Marine-Kriegführung hätte sicher eine solche Provokation Englands zu vermeiden gewusst.

Ich kenne mich in Marinefragen aus, nicht nur, was die Deutschen und die Briten betraf. Die deutschen Kreuzer wären überall französischen Kreuzern überlegen gewesen, zahlenmäßig, aber wohl auch im Vergleich Schiff gegen Schiff. Es gab zwar knapp zwanzig französische Panzerkreuzer, aber keine Schlachtkreuzer.

Daneben gab es nur acht völlig veraltete „Geschützte Kreuzer", sämtlich aus der Zeit vor der Jahrhundertwende. Alle französischen Kreuzer waren verhältnismäßig langsam, nur einzelne liefen 23 oder 24 Knoten, alle moderneren deutschen Kleinen Kreuzer wären denen im Zweifel davon gefahren.

Solche Kleinen Kreuzer, die mich beschäftigten, gab es zahlreich auf deutscher Seite mit den bekannten Stärken und Schwächen – und vergleichbar zahlreicher und stärker unter der britischen Fahne.

Eine kleine Zahl französischer Schiffe mochten in einzelnen Fällen größere Kanonen haben – da sie in der Regel sehr viel älter waren, schien das nicht sonderlich gefährlich zu sein.

Wie hätte ein Graf Spee mit seinen Panzerkreuzern, die wohl allen französischen Panzerkreuzern deutlich überlegen waren, unter derartigen Bedingungen deutsche Handelsschiffe und die Kolonial-Verbindungen schützen können! – Ganz zu schweigen von den deutschen Schlachtkreuzern.

Wie hätte man bei einem solchen Szenarium Österreich gegenüber Russland helfen und schützen können!

Wie leicht hätte wohl auch irgendein Verhandlungsfrieden unter einer Vermittlung von Großbritannien zustande kommen können, wenn auf deutscher Seite die politische Führung die militärische an einem deutlichen Zügel hätte halten können und auf „großdeutsche" Territorial-Forderungen von vornherein verzichtet hätte?

Ich war mir sicher und, je länger ich darüber nachdachte, mir desto sicherer, dass Deutschland, das kaiserliche „Deutsche Reich", diesen Weltkrieg wegen solcher politischer Fehler verloren hat. Vielleicht ist „verloren" hier auch das falsche Wort. Es könnte so klingen, als ob anders ein größerer Sieg möglich gewesen wäre. Zu einer Politik solcher Fehlervermeidung – das zeigte das Beispiel von Bismarck 1866 – gehörte dann eben auch der bewusste Verzicht auf provokative Siege oder Versuche entsprechender militärischer Dominanz.

Stattdessen hätte man eine Haltung der Friedenspolitik entwickeln sollen, die den Gegnern, die so zu Partnern werden können, Brücken baut, um nicht nur ihre Interessen im Blick zu behalten und im Zweifel zu berücksichtigen, sondern auch entsprechend aktiv bedienen zu können.

Ich hatte mich in Südamerika zu einem erfolgreichen Geschäftsmann entwickelt. Da hatte ich gelernt, dass man mit Menschen nur solange Geschäfte machen kann, wie sie die Luft zum Atmen behalten, wie man sie am Leben lässt.

Also müssen bei guten Geschäften beide Seiten verdienen, zumindest ihr Auskommen haben. Wenn man das auch bei internationalen Geschäften berücksichtigen würde, bei diplomatischen, bei politischen Gegebenheiten, dann brauchte man keine Kriege zu führen und könnte viel Geld bei den Rüstungsausgaben sparen.

Wenn man die politische Situation des Jahres 1914 grundsätzlich einer Prüfung auf denkbare Alternativen unterzieht, dann könnte man natürlich auch noch sehr viel grundsätzlicher und radikaler nachdenken:

Das Sprichwort sagt: „Der Klügere gibt nach."

Was wäre wohl geschehen, wenn das Deutsche Reich bei seiner aus früheren Jahren bewährter diplomatischer Taktik geblieben wäre, in solchen politischen Krisen einfach weiterhin zurückzustecken? Man hätte Österreich nach Sarajevo ein Stück weit im Regen stehen lassen, statt irgendwelcher militärischen Schritte sich mit papiernen Protesten begnügt und den wirtschaftlichen Aufschwung ungebremst fortgesetzt.

Man hätte sich nur klarzumachen brauchen, dass eine harte deutsche Mark auf Dauer gegenüber der europäischen Konkurrenz viel wirkungsmächtiger wäre als alle Kreuzer und Schlachtschiffe.

Die Ereignisse der Jahrzehnte danach sprechen dafür, dass diese wirtschaftliche Stärke unter Bedingungen des Friedens gegenüber den europäischen Konkurrenten noch deutlich zugenommen hätte.

Das heißt, die Zeit hätte doch wohl für Deutschland gearbeitet. Zehn oder zwanzig Jahre einer weiteren friedlichen Wirtschaftsentwicklung hätten den Frieden wohl deutlich sicherer gemacht. Kriterien einer militärischen „Einkreisung" hätten dann eine immer geringere Rolle gespielt. Denn Deutschlands zunehmende wirtschaftliche Macht hätte einen Krieg für die anderen Mächte erschwert und ihre Risiken deutlich erhöht – und zugleich Deutschland jederzeit die Möglichkeit geboten, bei politischen Krisen auf ökonomische Kriterien auszuweichen und einer stärkeren wirtschaftlichen Verflechtung der Nationen zu vertrauen. Die größte

Handelsflotte der Welt besaß Deutschland bereits im Jahre 1914.

Ich muss mir selber jedoch in diesem Zusammenhang Träumereien vorwerfen lassen. Wenn ich jetzt, in den sechziger Jahren des 20.Jahrhunderts, nach den Katastrophen des Zweiten Weltkriegs, dem kaiserlichen Deutschland solch eine „Friedenspolitik" nahe lege oder zutrauen würde, dann weiß ich natürlich, dass ich damit die damals herrschenden Kräfte völlig falsch eingeschätzt hätte.

Wenn „die Klügeren nachgeben", dann gehörten die damaligen politisch Verantwortlichen eben nicht zu einer solchen Gruppe.

Dazu wären die nie fähig gewesen.

Das dürfte damals vielleicht nicht mal den Vorstellungen und den politischen Wünschen irgendwelcher Sozialdemokraten entsprochen haben, nicht einmal denen des 1913 verstorbenen Bebels, oder auch denen eines Liebknecht, der Weihnachten 1914 ein erstes Mal gegen die Bewilligung der Kriegskredite im Reichstag gestimmt hatte.

Meine Tante Else aus Berlin erzählte später in ihren Briefen, dass es Anfang August 1914 mehrere große Friedensdemonstrationen im Osten Berlins gegeben hatte. Da sollen 100 000 oder 200 000 Menschen auf der Straße gewesen sein, um gegen den Krieg zu protestieren – ähnlich französischen Sozialisten in Frankreich. Um deren Erfolg zu verhindern, wurde damals Jaures, einer der bekannten französischen Sozialisten, in Paris ermordet.

Aber auch in Berlin war die SPD nach Bebels Tod nicht mehr stark genug, dem kaiserlichen Aufruf zu widerstehen: „Ich kenne keine Parteien mehr, ich kenne nur noch Deutsche".

So zerfiel diese Partei in „Kaiser-Sozialisten", die sich vereinnahmen ließen und in „Unabhängige", aus denen dann die USPD und später die Kommunisten hervorgingen. Keine dieser Gruppen hatte dann die Kraft, eine andere, eine bessere Politik in Deutschland durchzusetzen.

So hatte Deutschland damals nicht nur eine Regierung, die es nicht besser verdient hatte, sondern man ließ eine Kriegspolitik zu, die niemand der Beteiligten verantworten konnte.

Was soll das heißen: „Aus der Geschichte lernen"?

Solche Forderungen kann man hinterher leicht stellen.

# 11

Die Briefe aus Deutschland, die ich Anfang der 20er Jahre bekam, machten deutlich, dass es dort beim Kriegsende nicht nur eine politische Revolution gegeben hatte.

Einerseits wurde eine kaiserliche Regierung, die Deutschland nicht hatte aus dem Weltkrieg heraushalten können, durch eine von Sozialdemokraten bestimmte andere Regierung abgelöst, die mit den alle belastenden Folgen fertig werden musste.

Dagegen wehrten sich rechte Kräfte, es gab einen Kapp-Putsch, der mit einem Generalstreik niedergeschlagen wurde.

Es gab in Berlin Versuche, die Revolution vom links her weiterzuführen und nicht mit den Kompromissen eines Noske oder Ebert auf halbem Wege stehen zu bleiben – rechte Freikorps-Leute ermordeten Karl Liebknecht und Rosa Luxemburg und nahmen diesen Versuchen so die Spitze.

Linke Unruhen gab es auch in München, entsprechende Kämpfe später im Ruhrgebiet und in Sachsen.

Politisch kam die Weimarer Republik in all ihren Jahren eigentlich nie wirklich zur Ruhe.

Andrerseits gab es nun eine große Freiheit, kulturell, religiös, aber auch in fast allen zwischenmenschlichen Bereichen. Tante Else schrieb aus Berlin, wie dort das Leben auf eine neue, bisher so unbekannte Art aufzublühen begann.

Man schnitt die alten Zöpfe ab, beziehungsweise schob als Zwänge beiseite, was nun als überholt zu gelten hatte, ob das nun an irgendwelchen Fehlentwicklungen schuld war oder nicht.

Um die Reparationszahlungen bedienen zu können, druckte man immer mehr Geld.

Das Geld verlor so rapide an Wert, die Inflation kam immer schneller in Gang, entsprechend locker ließ man sich zu zweifelhaften Geschäften verleiten. Es gab neue, entsprechend sich ausbreitende Formen von Kriminalität, Alkohol- und Kokain-Partys, Glücksspiel, schneller Aufstieg und entsprechendes Scheitern. Neben erhöhten Zahlen von Selbstmorden entwickelte sich das organisierte Verbrechen.

Der verlorene Weltkrieg hatte etliche großdeutsche Träumereien zerplatzen lassen. In der Aufarbeitung dieser Traumata erschienen Bücher wie „Der Untergang des Abendlands" oder „Volk ohne Raum", um von Hitlers „Mein Kampf" zu schweigen.

Hier wurden historisch-geographische Träumereien gepflegt und bedient. Dabei ging man von einer Logik aus, der zufolge die wirtschaftliche Blüte eines Landes in Abhängigkeit steht zur geographischen Größe des Territoriums. Ein „Volk ohne Raum" könnte demzufolge nicht wirtschaftlich erfolgreich sein.

Territoriale Eroberungen erschienen so als Voraussetzung geschichtlicher Größe. Über tausend Jahre könnte man so das Erstarken und ein Bedeutungslos-Werden von Staaten oder kontinentalen Regionen beobachten und beschreiben. Danach befände sich Europa nun auf einem absteigenden Ast.

Ich hatte genügend Abstand, um einen einigermaßen objektiven Blick auf Europa nehmen zu können. Da überzeugt mich diese Logik nicht.

Im Russisch-Japanischen Krieg von 1904/05 hat das eng auf vergleichsweise kleinen Inseln lebende japanische Volk gesiegt, das keinerlei Bodenschätze zur Verfügung hatte. Das sehr viel größere und zahlenmäßig deutlich überlegene Russland unterlag. Die Größe des russischen Territoriums, die Weite der Wege bis nach Sibirien, erwies sich als ausgesprochene Schwäche des Landes, die russischen Bodenschätze trugen zum Kriegsverlauf nichts Positives bei.

Ich meinte auch – unabhängig davon, ob die Wirtschaft kapitalistisch oder sozialistisch organisiert ist -, dass eng aufeinander lebende Völker sich schneller und leichter wirtschaftlich entwickeln können als Staaten in großen Territorien, da dort längere Transportwege alle Produktion erschweren und verteuern.

So bitter die Vertreibung 1945 für die Bewohner der Ostgebiete Deutschlands im einzelnen jeweils war, das spätere „Wirtschaftswunder" der fünfziger Jahre erklärt sich für mich unter anderem auch durch die höhere Bevölkerungsdichte der Bundesrepublik. Seit 1960 bemühte man sich dort um weitere Menschen, um die so genannten Gastarbeiter, die auf ihre Art die Bevölkerungsdichte weiter erhöhten – das deutlich im Interesse eines deutschen Wirtschaftserfolgs! Der gelang offensichtlich, **weil** das „Volk ohne Raum" blieb und nicht **trotzdem.**

Die politisch konservativen Kreise in Deutschland wie die der zwanziger Jahre, die behaupten, die nationalen deutschen Interessen vertreten zu wollen, befinden sich für mich in großem Irrtum befangen und gehen von populistischen Emotionen aus, nicht von wirtschaftlichen Fakten.

Ich frage mich dabei allerdings, ob die so nach Popularität haschenden Politiker ihre Thesen selber glauben oder ob sie solche demagogischen Reden nur halten, um so Dumme einzufangen.

Damit entwickelte man irrige Sehnsüchte. Man ließ sich ideologisch bereit machen für Rattenfängereien übelster Art, Staatsstreich-Wünschen, Putschversuchen und Ähnlichem.

Von Adolf Hitler und seinem „Marsch auf die Feldherrnhalle" in München am 9. November 1923, einem Staatsstreichversuch, der schnell unterdrückt wurde, hörte ich bald nach diesen Ereignissen. Und zwar nicht nur aus deutschen Briefen.

Unter den Deutschen in Chile gab es sehr unterschiedliche Auffassungen und Meinungen. Einige wollten dort deutscher sein als alle Deutschen – zumindest sahen sie selber ihre Position in dieser Weise.

Andere, zu denen ich mich rechnete, lasen Zeitungen, die unterschiedliche Auffassungen zur Sprache brachten. Nur weil eine Meinung auch in Deutschland vertreten wurde, brauchte sie noch nicht richtig zu sein.

Das „right or wrong – my country" *(ich steh zu meinem Vaterland, ob es recht oder unrecht hat!)*, das Briten nachgesagt wird, ist nicht jedermanns Sache. Je weiter die Heimat entfernt ist, desto objektiver kann das mancher aus der Ferne beurteilen – ich war nach meinen Erlebnissen auf der ‚Münster', nach meinen Weltkriegserfahrungen, an einer möglichst objektiven Sicht interessiert.

Dass in Deutschland vieles nicht optimal gelaufen war und dass auch die politischen Entscheidungen in den zwanziger Jahren nicht alle überzeugen konnten, das gab ich selber offen und frei zu. Versailles, die Inflation, die nationalistischen Putsch-Versuche eines Kapp, Ludendorf oder Hitler ließen nichts Gutes erwarten.

Auf der anderen Seite gab es die Kommunisten. Aus dem zaristischen Russland war im Jahre 1917 eine Sowjetunion, eine Räterepublik, geworden, die sich gegen Interventionen verschiedener europäischer und anderer Mächte hatte militärisch durchsetzen können. Das alles war begleitet worden von Gräuelberichten, einer Ermordung des Zaren Nikolaus II. und seiner Familie, einer weitgehenden Unterdrückung der Orthodoxen Kirche und der Behauptung eines Anspruchs auf Weltrevolution.

Alle europäischen Staaten fühlten sich davon bedroht und ein Stück weit infrage gestellt.

Die deutsche Sozialdemokratie grenzte sich nach links deutlich ab – ihre politische Verantwortung in Deutschland wollte sie keinen Missverständnissen aussetzen, als strebe sie eine „Diktatur des Proletariats" an.

Der Publizist Tucholski formulierte: „Wenn man die SPD wählt, dann denkt man, man tut was für die Revolution, und weiß dabei genau, mit dieser Partei kommt sie ganz bestimmt nicht."

Oder er machte ein Lied auf einen Parteifunktionär, nannte ihn ein „Radieschen", „außen rot und innen weiß".

Tucholski war genauso wenig für die Kommunisten wie meine Tante Else, die mich über die politischen Verhältnisse in Berlin auf dem Laufenden hielt. Aber beider Situation konnte man doch mit großer Unsicherheit oder Ratlosigkeit beschreiben. Das wurde auch mir klar.

Wie weit die bürgerlichen Parteien in Deutschland rechts, national-konservativ waren, wie weit Hitlers Nazis eine Rolle zu spielen begannen, blieb lange ziemlich unklar.

Liberale Beobachter sahen Hitler nach seinem Putsch gescheitert oder doch „sehr weit weg vom Fenster". Die Linke war zwar zersplittert, aber wenn man die unterschiedlichen Parteien zusammenrechnete, schien es doch eine deutliche linke Mehrheit zu geben.

Zu der kam es in der ganzen Weimarer Republik der Jahre 1918 bis 1933 jedoch zu keinem Zeitpunkt.

Erst nachdem die Nazis in Italien und Deutschland triumphierten, bildeten sich „Volksfront"-Bewegungen, etwa in Frankreich oder in Spanien, als dort ab 1936 die Regierung gegen den rebellierenden General Franco kämpfen musste.

Für mich gab es ein eindeutiges Bild: Die Bedrohung von links schien die gefährlichste und größte zu sein, der Sieg und die Entschärfung der Lage aber kam von rechts. In der Öffentlichkeit stimmte man dieser Entwicklung bereitwillig zu, mich aber befielen dabei ängstliche Gefühle. Die Kräfte, die sich hierbei durchsetzten, waren doch auch die Kräfte gewesen, die vor 1914 in Deutschland das große Wort geführt und die sich danach im Kriege so schrecklich blamiert hatten beziehungsweise mit ihren großdeutschen großspurigen Territorialforderungen alle Friedensverhandlungen von vornherein verhinderten, weil sie jede Einigung scheitern lassen wollten.

Sie hatten nur immer auf einen „Siegfrieden" hin orientiert.

Die hatten ihre Kreuzer wie die ‚Münster' ohne eine durchdachte Konzeption und unzureichend bewaffnet losgeschickt und so scheitern lassen, wie das ganze Deutsche Reich.

War solchen Leuten im Blick auf eine gute Zukunft zu trauen?

# 12

Ich erinnerte mich an die Welt-Wirtschaftskrise. Sie begann mit dem „schwarzen Freitag" im Herbst 1929. Eine überhitzte Konjunktur ließ in den USA die Börsenkurse einbrechen. In der Folge gingen Betriebe und sogar Banken Pleite, zuerst in den USA, bald aber auch überall in der Welt, natürlich auch in Europa und in Deutschland.

Selbst Chile blieb davon nicht verschont. Es gab ausgesprochen magere Jahre. Aber man konnte das mit deutlichen und spürbaren Einschränkungen überstehen.

Eine Europa-Reise rückte für mich wieder einmal in unabsehbare Ferne.

Die Mutter schrieb vom Tode des Vaters. Sie musste und konnte von ihrer kleinen Witwen-Pension leben. Auch sie war unsicher, was die Zukunft bringen würde. Ihre Bekannten und Freunde in Stettin schimpften auf Versailles und fühlten sich von den Amerikanern, Briten und Franzosen wegen der Reparationszahlungen ausgebeutet und „über den Tisch gezogen".

Manche schwärmten offen für Hitler, kaum einer für links. Aber in der Hoffnung auf den greisen Reichspräsidenten Hindenburg fanden sich sehr viele zusammen. Die Mutter schrieb von ihrer großen Unsicherheit, Sie wüsste auch nicht, was sie wählen sollte, welcher Partei sie ihre Stimme geben dürfte.

Aber bei der Wahl zum Reichspräsidenten würde sie wohl Hindenburg wählen. Das stand für 1932 wieder an.

Es gab in Deutschland damals über 5 Millionen Arbeitslose. Auch die Bezüge der Beamten, die keine Arbeitslosigkeit zu fürchten hatten, wurden wie die Pensionen deutlich gekürzt.

Dennoch gewann Hindenburg die Wahl. Die Gegenkandidaten Hitler und Thälmann hatten keine wirklichen Chancen.

Der Reichskanzler Brüning, der als erster mit Notverordnungen und Lohn- und Gehaltskürzungen regierte, musste zurücktreten. Es folgten die Kabinette von Papen und Schleicher, Vertrauenspersonen des konservativen Reichspräsidenten Hindenburg.

Als diese Regierungen im Januar 1933 auch nicht mehr zu halten waren, berief Hindenburg Hitler zum Reichskanzler:

„Die Nazis kochen doch auch nur mit Wasser", sagten damals viele.

Oder:

„Lassen wir doch den böhmischen Gefreiten mal machen" – in Hindenburgs Augen hatte jeder nur seinen militärischen Rang aus dem Weltkrieg.

Hitlers Regierung bestand je zur Hälfte aus Nazis und Deutschnationalen, also Konservativen.

Hitler setzte sofort Neuwahlen zum Reichstag an. Unmittelbar vor der Wahl im März 1933 brannte der Reichstag, angeblich von einem einzelnen Wirrkopf mit kommunistischen Verbindungen angezündet.

In derselben Nacht begann eine Verhaftungswelle aller bekannten Nazi-Gegner, unbequemer Journalisten, Politiker und weiterer den Nazis nicht genehmer Menschen.

Man konnte den Eindruck bekommen, da waren die Nazis gut vorbereitet.

Wenn man angesichts der widersprüchlichen Behauptungen der Frage nach den Brandstiftern des Reichstags nachging, dann schien für Außenstehende wie mich die Wahrscheinlichkeit, dass die Nazis selber da Hand angelegt hatten, sehr groß zu sein. Die Antwort auf die „Cui bono"- Frage, wem nützte das vor allem, zeigt eindeutig in diese Richtung.

Die anstehenden Wahlen sollten doch nicht einen neuen demokratischen Anstoß oder Aufbruch für Deutschland geben, sondern ein für allemal den Parlamentarismus über das Ermächtigungsgesetz zum Abschluss bringen.

Einen Reichstag als „Quasselbude" hielt man bei den Nazis für überflüssig.

Zu der Zeit richteten sie erste Konzentrations-Lager ein. Weitere Folterkeller und richtige Gefängniszellen nutzte man, um deutlich zu machen, wer jetzt Herr im Lande war.

Der Zweite Weltkrieg, den die Nazis systematisch vorbereiteten, forderte menschliche Opfer in einer Größenordnung von 50 bis 60 Millionen Menschen. Die Hälfte davon waren Sowjetbürger, also Russen, Ukrainer, Weißrussen, Menschen aus dem Baltikum, dem Kaukasus, aus Mittelasien oder aus Sibirien, dann Juden, Polen, Sinti und Roma, aber auch Menschen aus allen anderen Teilen Europas, die in diesen Krieg hineingezogen wurden. Weiterhin Menschen aus allen Kontinenten, die so oder so, als Soldaten oder freiwillige Helfer verschiedenster Art in die Aktionen dieser Jahre verwickelt wurden.

Bei all dem halte ich aber an einer Erkenntnis fest: Die ersten tausende Opfer der Nazis - vielleicht waren es auch zehntausende, wer kennt da schon genaue Zahlen - waren Deutsche.

Die Welt setzte im allgemeinen die Deutschen und die Nazis gleich – wenn man in der Nachkriegszeit in den USA, in Großbritannien, aber auch in der Sowjetunion entstandene Filme bedenkt – da sind alle Deutschen über einen Kamm geschoren Nazis oder Faschisten.

Aber für mich war klar: Die Nazis missbrauchten den guten deutschen Namen für ihre kriminellen Zwecke und mussten, um dies nach außen praktizieren zu können, zuerst sehr viele anständige Deutsche aus dem Wege räumen, Anti-Nazis, Antifaschisten, alle Menschen, die ihnen mehr oder weniger hinderlich erschienen.

Für mich war Nazi-Deutschland keineswegs das wirkliche Deutschland. Auch wenn man dieses wahre Deutschland einige Jahre lang nirgends mehr in der Realität sehen oder finden konnte. Das lebte zumindest in den Exil-Deutschen weiter. Sicher auch in vielen Menschen in Deutschland, die ihre Gesinnung vor den Nazis verstecken mussten, die aber auch zu Hunderttausenden in KZs und Gefängnissen eingesperrt waren.

Dies waren die ersten Opfer der Nazis und gehörten – wenigstens für mich – zu den anständigen, guten Deutschen, deren Protest und Widerstand im Interesse eines besseren Deutschlands nicht hoch genug zu würdigen und einzuschätzen sind.

Ich bedauerte es sehr, dass das Ausland über diese Dinge oft einfach hinwegging. Man war - und ist! – dort vielfach nicht bereit, zur Kenntnis zu nehmen, dass es zwischen „Deutschen" und „Nazis" immer wieder eben doch deutliche Unterschiede gab, so dass es sich lohnte, dieser Frage nachzugehen, ehe man beide Begriffe einfach gleichsetzte.

Nach 1945 teilte mir meine Tante aus Berlin mit, dass in der Nazizeit die Situation in Berlin in mancher Beziehung anders war als im „Reich". Bei den Wahlen im März 1933 bekamen in Berlin die SPD *(Sozialdemokratische Partei Deutschlands)* und die inzwischen zumeist verhaftete KPD *(Kommunistische Partei Deutschlands)* gemeinsam mehr Stimmen als die Nazis und die bürgerlichen Parteien zusammen.

Zwar gaben natürlich auch in Berlin die Nazis den Ton in der Öffentlichkeit an. Sie beherrschten mit ihren Uniformen und ihrer Ideologie das Erscheinungsbild. Dennoch war es in Berlin möglich, dass während des Krieges später etwa 3000 Juden untergetaucht waren. Die haben bei Freunden, Bekannten, aber auch einfach nur sympathisierenden Anti-Nazis überleben können.

Die Gestapo hat immer wieder solche Menschen verhaftet, deportiert und ihre Helfer ins KZ gebracht, aber es haben sich doch in und um Berlin je und je auch Menschen gefunden, die sich nicht abschrecken ließen

– sicher viel zu wenige, aber die sollten gerade deshalb nicht vergessen bleiben.

Im März 1933 ließ sich Hitler und sein Regime durch ein Gesetz ermächtigen, Deutschland mit harter Hand zu regieren. Man hatte nun das Recht, Notverordnungen, Gesetze und außenpolitische Verträge ohne den Reichstag in Kraft zu setzen und war bei deren Inhalten nicht mehr an die Weimarer Verfassung gebunden.

Für dieses Ermächtigungs-Gesetz brauchte Hitler im Reichstag eine Zweidrittel-Mehrheit. Da die SPD – die hier für das wahre Deutschland stand! - gegen das Gesetz stimmte, entschied die Zustimmung der bürgerlichen Parteien diese Ermächtigung. Die NSDAP *(Nationalsozialistische Deutsche Arbeiterpartei)* und die DNVP *(Deutsche nationale Volkspartei – die Konservativen)* hatten zwar eine einfache Mehrheit, aber die reichte nicht zu einer Zweidrittel-Mehrheit. So hat der spätere Bundespräsident Heuss, der für die Liberalen im Reichstag saß, auch für diese Ermächtigung gestimmt. Ebenso die Partei des „Zentrums", deren Politiker nach 1945 in der CDU wiederzufinden waren.

Die Abgeordneten der KPD waren entweder bereits verhaftet oder auf der Flucht untergetaucht. Durch eine Änderung der Geschäftsordnung hatte man deren Zahl aus der nötigen Zweidrittelmehrheit vor der Abstimmung heraus gerechnet – auch dafür brauchte man eine Zweidrittel-Mehrheit, also die Zustimmung der bürgerlichen Parteien, die auch hierbei schon - *oder noch* - das Gesetz hätten verhindern - *oder sollte man besser sagen*: behindern - können.

Das Hitler-Regime hätte sicher ohne solch ein – *legales?* – Gesetz ein noch deutlich stärker wirkendes Terror-Gesicht gezeigt und erhalten.

War das eines der Motive der Zustimmung der bürgerlichen Parteien?

Oder spielten dabei persönliche Ängste einzelner Abgeordneter eine Rolle?

Als mir die Einzelheiten bekannt wurden, war ich froh, selber nicht vor einer solchen Entscheidung gestanden zu haben.

Umso mehr Respekt empfand ich vor den Abgeordneten der SPD, die sich allesamt durch die in der Kroll-Oper, dem provisorischen Tagungsort des Reichstags, von Hitler persönlich vorgetragenen Drohungen nicht von der Linie ihrer Fraktion abbringen ließen.

Mit der Berufung auf dieses Gesetz wurden in den nächsten Jahren die entsprechenden Einschränkungen der bürgerlichen Grundrechte durchgesetzt, Nazi-Deutschland gleichgeschaltet, um alles einer Kriegsvorbereitung Widerstrebende aus dem Wege zu räumen.

Ich bekam in der ersten Zeit das Terror-System der Nazis in Deutschland nur in dunklen Andeutungen mit.

Tante Elses Briefe enthielten immer öfter unklare, rätselhafte Sätze – mir wurde erst später deutlich, wie ich dies wohl zu verstehen hatte.

Ihre Tochter, meine Cousine Veronika, war mit einem Arzt, mit einem Dr. Silberstein, verheiratet. Er war Deutscher jüdischer Abstammung – ein Umstand, der erst in der Nazi-Zeit eine Rolle zu spielen begann. Veronikas Mann stand im öffentlichen Dienst, war Amtsarzt in einem Berliner Arbeiterbezirk.

Das ging nun aber nicht mehr lange.

Die Nazis erfanden einen „Arierparagraphen". Alle Menschen mussten bis in die Generation ihrer Großeltern nachweisen, dass diese keine jüdische Abstammung hatten – der Nachweis war über die Kirchbücher der Pfarrämter und Gemeinden möglich. Wenn jeder der Großeltern christlich getauft war, war alles in Ordnung. Menschen jüdischer Religion, „mosaischen Glaubens", galten nicht als arisch und verloren ihr Recht auf Beschäftigung im öffentlichen Dienst und weitere Rechte, die normalerweise zu den Grund- oder Menschenrechten zählen.

Die verschiedenen Behörden wetteiferten miteinander darum, als erste „judenfrei" zu sein. Dr. Silberstein und seine Familie verlor von einem Tag auf den anderen die Existenzgrundlage. Als ich davon hörte, lud ich die Familie nach Chile ein und verhalf ihnen zu einem entsprechenden Visum.

So schwer meiner Tante die Verabschiedung wurde und so sehr sie unter der Trennung von ihrer Tochter, von dem Schwiegersohn und den Enkeln litt, so dankbar war sie und umso dankbarer wurde sie, als die weiteren Jahren deutlich werden ließen, welches Schicksal dem Manne und seiner Familie so erspart geblieben war.

Meine Mutter schrieb mir von ihren Hoffnungen, die man auch in Stettin mit der Reichskanzlerschaft Adolf Hitlers verband. Gerade in christlichen Kreisen war man froh, dass die linken Parteien, die man allesamt für mehr oder weniger „gottlos" hielt, in ihrer Bewegungsfreiheit und in ihrem politischen Einfluss eingeschränkt wurden.

Die antisemitischen Ausfälle bagatellisierte man, „nichts wird so heiß gegessen wie gekocht" und wie man das dann noch versuchte herunterzuspielen.

Der allgemeine Antisemitismus, den es ja auch in anderen west- und osteuropäischen Ländern seit Jahrhunderten gab, hätte halt wieder mal ein Ventil gefunden.

Das würde sich sicher bald wieder normalisieren.

Vorsichtige und weiterdenkende Juden hielten aber dagegen: „Das wird sich nicht ändern, das ist ein besonders gutes Geschäft. An der „Arisierung" wird viel zu sehr verdient."

Tante Else aus Berlin schrieb da ähnlich. Wenn die Männer der SA, die „Schutzabteilung" der Nazis, durch Berlin zogen oder auf ihren LKW fuhren, grölten sie ihre Lieder. Da hieß es unter anderem: „Wenn das Judenblut vom Messer spritzt, dann geht's noch mal so gut".

Tante Else meinte, dass jemandem, der so etwas singt, auch entsprechende Taten zuzutrauen seien.

Sie hatte volles Verständnis für alle jüdischen Mitbürger, die alle ihre Möglichkeiten zu nutzen suchten, ins Ausland zu flüchten. Viele versuchten, nach Palästina ins englische Mandatsgebiet zu kommen. Zionistische Organisationen halfen dabei, soweit sie es vermochten.

# 13

Meine Tante Else beobachtete auch die Entwicklungen in der Evangelischen Kirche und schrieb mir davon:

Einerseits hielten die Nazis nicht viel von Kirchengemeinden und Glaubensdingen.

Aber man veranstaltete einen „Tag von Potsdam".

Hitler und Hindenburg feierten in der Potsdamer Garnisonskirche einen Gottesdienst, in dem sie ihre weltanschaulichen Gemeinsamkeiten – kirchlich abgesegnet – einer staunenden Öffentlichkeit präsentierten. Hitler verstand das auch als Hineinnahme seiner Nazi-Herrschaft in die Potsdamer preußischen Traditionen. Viele Menschen in Deutschland sahen das so, viele Christen begrüßten das ausdrücklich.

Dann gab es eines Tages Kirchenwahlen. Während es bis dahin zu solchen Wahlen keine Parteien gab, es waren reine Persönlichkeitswahlen, propagierten die Nazis nun eine Liste der „Deutschen Christen" (DC). Hitler selber rief alle evangelischen Christen in Deutschland auf, an diesen Wahlen teilzunehmen und die DC zu wählen. Dagegen stellten Nazi-Gegner, die es als Minderheit in Deutschland gab – der Stärke bzw. Schwäche nach wohl sehr unterschiedlich! -, eine Liste der „Bekennenden Kirche" (BK).

Im Juni 1934 hatte sich in Barmen bei Wuppertal eine Bekenntnis-Synode zusammengefunden und einen

Text verabschiedet, der als „Barmer Bekenntnis" in die Kirchengeschichte eingehen sollte.

Als ich den Brief mit dieser Nachricht bekam, war ich darüber freudig erstaunt.

Meiner vormals kaisertreuen Evangelischen Kirche, die immer allergrößten Wert darauf gelegt hatte, möglichst staatsnah zu erscheinen, hätte ich solche Worte einer biblischen Unabhängigkeit nicht wirklich zugetraut.

Nach ihrem bisherigen Verständnis von Römer 13 („Seid untertan der Obrigkeit, welche Gewalt über euch hat") waren Ergebenheitsadressen und Zustimmungserklärungen zu allem, was von oben kam, das Normale.

Kritik, die als Aufsässigkeit verstanden werden konnte, war doch in kirchlichen Kreisen weitgehend verpönt.

Meine Tante hatte ausführlich geschrieben und schickte mir den Text des Dokuments.

Hier wandte man sich gegen das Führerprinzip in der Kirche und setzte ein Bekenntnis gegen jede Form von Geschichtstheologie oder natürlicher Theologie, die sich neben und gegen die Bibel einschleicht, um andere Normen und Gegebenheiten einzubringen.

Der erste der sechs Sätze nannte das Zentrum dieser Bekenntnis-Theologie:

„Jesus Christus, wie er uns in der Heiligen Schrift bezeugt wird, ist das eine Wort Gottes, das wir zu hören, dem wir im Leben und im Sterben zu vertrauen und zu gehorchen haben."

Neben dem Zeugnis der Bibel gibt es keine anderen Quellen einer Offenbarung, die Aussagen über Jesus

Christus treffen könnten, Jesus Christus als das Mensch gewordenes Wort Gottes. Dem unterstehen die Christen.

Jesus Christus ist ihnen nicht als Werkzeug irgendwelcher Manipulationen oder menschlicher Interessen überlassen. Das ist zu hören, dem kann man vertrauen und dann eben gehorchen, eher und vertrauenswürdiger gehorchen als allen anderen menschlichen Satzungen.

Der Text des Barmer Bekenntnisses ging ganz wesentlich auf Karl Barth zurück, einen schweizer Theologie-Professor, der lange in Bonn gelehrt hatte, aber dann von den Nazis vertrieben wurde und so an der Universität in Basel einen neuen Platz gefunden hatte. Er gehörte als Schweizer zu den Reformierten und trat so für eine Kirche ein, die nur auf ihren Auftrag, das Wort Gottes zu verkündigen, ausgerichtet war.

Lutherische Kirchen hatten bis 1918 ihren Landesherrn als summus episkopus, als höchste irdische Instanz. Da diese Instanz nun weggefallen war, litten viele unter einer Lücke, erschienen gelegentlich verhältnismäßig orientierungslos.

Anders die Reformierten. Sie sahen sich immer schon in einer sehr viel freieren Position. Für sie gab es niemanden, der sie – mit welchem Recht auch immer - ganz weltlich in Dienst hätte nehmen wollen.

So beschreibt der Barmer Text die Kirche als „Gemeinde von Brüdern"*(und Schwestern)*, die „allein von seinem Trost lebt", „befreit von den gottlosen Bindungen dieser Welt".

In der wahren Kirche gibt es „keine Herrschaft der einen über die anderen".

Barmen äußert sich ausdrücklich zur Rolle des Staates: Er hat die Aufgabe, „in der noch nicht erlösten Welt, in der auch die Kirche steht, nach dem Maß menschlicher Einsicht und menschlichen Vermögens unter Androhung und Ausübung von Gewalt für Recht und Frieden zu sorgen".

Die Kirche ist dem Staat dafür dankbar. Sie „erinnert an Gottes Reich, an Gottes Gebot und Gerechtigkeit und damit an die Verantwortung der Regierenden und Regierten."

Die sechs Sätze dieses Barmer Bekenntnisses enden jeweils mit einer Verwerfung, in der ausdrücklichen Benennung dessen, wogegen sich diese Worte richten.

Da wird dann verworfen, dass die Christen neben ihrem Herrn Jesus Christus andere Herren gleichberechtigt anzuerkennen hätten.

Da wird die Botschaft und Ordnung der Kirche angesprochen. Das darf nicht „ihrem Belieben oder dem Wechsel der jeweils herrschenden weltanschaulichen und politischen Überzeugungen überlassen" sein – die Kirche darf nicht willkürlich ihr Fähnchen dem jeweils wehenden Winde überlassen.

Man wendet sich ausdrücklich gegen Führer in der Kirche.

Man bestreitet dem Staat das Recht, „die einzige und totale Ordnung menschlichen Lebens" zu sein, aber auch die Kirche darf sich nicht „staatliche Art, staatliche Aufgaben und staatliche Würde aneignen und damit selbst zu einem Organ des Staates werden".

Mir gefiel besonders die letzte dieser Verwerfungen: „Wir verwerfen die falsche Lehre, als könne die Kirche in menschlicher Selbstherrlichkeit das Wort und Werk des Herrn in den Dienst irgendwelcher eigenmächtig gewählter Wünsche, Zwecke und Pläne stellen."

Gerade dies hatte mich an der Kirche des Kaiserreiches immer wieder gestört – ich erlebte deren Auftreten als politisches Organ dieser Zeit und der sie bestimmenden Kräfte.

Da musste erst ein Missbrauch der Kirche und ihrer Botschaft durch die Nazis kommen, damit dagegen bekenntnismäßig ein klares Wort gesprochen wurde.

Wie war das mit dem „Gott mit uns" auf den Koppeln der deutschen Soldaten?

Wo gab es kirchliche Kritiken an derartigem Missbrauch?

Während ich dies in meinem Alter aufschreibe, muss ich an die politische Situation in Westdeutschland nach dem Zweiten Weltkrieg denken. Da organisierten sich die früheren „Zentrums"-Politiker wie Adenauer mit andern konservativen Kräften zur „Christlich-demokratischen Union", der CDU.

Ich konnte verstehen, dass es im Blick auf Barmen da durchaus Irritationen gegeben hatte. Gustav Heinemann hatte als Rechtsanwalt in Essen in der Nazi-Zeit die BK unterstützt. Er war auch bereit, im ersten Kabinett Adenauer 1949 das Innenministerium zu übernehmen, schied aber bald wegen der Absicht des Aufbaues neuer Streitkräfte aus dieser Regierung wieder aus. Er gründete eine eigene Partei, die Gesamtdeutsche Partei (GDP), die sich 1957 der SPD anschloss.

Ich halte es für sehr wahrscheinlich, dass neben gewichtigen politischen Überlegungen doch auch Ressentiments gegen den Namen einer CDU, gegen das Benutzen des christlichen Glaubens für politische Zwecke, Heinemann hatte andere Wege bevorzugen lassen.

Ähnlich schätze ich den früheren Pfarrer und späteren SPD-Politiker Heinrich Albertz ein, der sich in Niedersachsen um Flüchtlinge und Heimatvertriebene kümmerte (und später in Westberlin als Innensenator und Regierender Bürgermeister in Erscheinung trat; – der Herausgeber).

# 14

Ich gehe nun in meiner Erinnerung wieder zurück in die Nazi-Zeit.

Das waren eigentlich ja nur 12 Jahre, sechs Jahre, in denen der Krieg vorbereitet wurde und dann sechs Kriegsjahre.

Daraus wurde die schlimmste Katastrophe Deutschlands für das ganze 20. Jahrhundert. Dazu rechne ich nicht nur die Millionen Toten, die Verletzten und Vertriebenen überall in Europa, denen gegenüber Nazi-Deutschland schuldig geworden war, ein Deutschland, das sich entsprechend hatte missbrauchen lassen, sondern auch die Teilung. Einmal die Teilung Deutschlands, dann aber genauso natürlich die Teilung Europas in Ost und West.

Wenn nun irgendwelche russischen Soldaten außerhalb Russlands in Europa standen, war doch Hitler-Deutschland daran schuld.

Wenn der „Kalte Krieg" irgendwann einmal zum „Heißen" mutieren würde, wäre das so eine Folge und Schuld der Hitler-Aktivitäten.

Selbst die Heimsuchungen von Hiroshima und Nagasaki wären ohne Hitler-Deutschland nicht vorstellbar. Nach der dem Physiker Hahn und der Physikerin Meitner im Jahre 1938 in Berlin gelungenen Atom-Spaltung sahen ihre Kollegen in den USA – übrigens einschließlich von Einstein! – die reale Gefahr einer hitlerschen Atombombe. Deshalb beschworen sie Präsident Roosevelt, die amerikanische Bombe zu entwickeln und zu bauen.

Sein Nachfolger Truman ließ sich nicht davon abbringen, die Bomben gegen Japan einzusetzen, obwohl und nachdem Nazi-Deutschland vor der Fertigstellung kapituliert hatte.

Die ersten sechs Jahre der Nazizeit dienten der Rüstung.

Der Versailler Vertrag hatte die Reichswehr auf hunderttausend Mann begrenzt. Der Reichswehr waren U-Boote, Panzer und Militär-Flugzeuge verboten.

Die Nazis setzten sich unmittelbar nach ihrem Regierungsantritt über viele Bestimmungen des Versailler Vertrag hinweg, zahlten keine Reparationen mehr und begannen zu rüsten.

Als alter Seeoffizier, der auf der ‚Münster' auch für die Artillerie zuständig gewesen war, interessierte ich mich natürlich für Einzelheiten der Seerüstung.

Dabei ging es mir nicht um Billigung oder ideologische Unterstützung dieser Maßnahmen, sondern im Gegenteil um eine kritische Begleitung in meinen Gedanken und Äußerungen.

Ich hatte in den zwanziger Jahren die „Panzerkreuzer-Debatte" mit verfolgt. Da wurde ein erster Neubau für ein veraltetes Vor-Dreadnought-Schiff der ‚Braunschweig'-Klasse in Bau gegeben. Die Baukosten dieses neuen Schiffes sollten 80 Millionen Mark betragen.

Viele Menschen verstanden solche Ausgaben für derartige Schiffe nicht, solange für viele soziale Zwecke zu wenig Geld da war.

Die Vergeudung solcher Baukosten angesichts der Selbstversenkung der Flotte in Scapa Flow wenige Jahre zuvor war noch zu gut in aller Erinnerung.

Die SPD kam unter großen öffentlichen Druck, stimmte dann aber doch dem Bau zu.

Der Versailler Vertrag erlaubte einen Neubau solcher Schiffe, wenn das alte Schiff nach mehr als 20 Jahren verschrottet werden sollte – die alten „Kästen" waren zwischen 1902 und 1906 von Stapel gelaufen.

Weiterhin begrenzte Versailles die Größe solcher Neubauten auf 10 000 Tonnen Wasserverdrängung.

Die Situation unbegrenzten internationalen Wettrüstens zur See hatte sich im Vergleich zu der Situation vor 1914 grundsätzlich geändert. Vom November 1921 bis Februar 1922 verhandelte man in Washington über die Begrenzung der Marine-Rüstung und unterschrieb dann ein erstes weltweites Rüstungsbegrenzungsabkommen, den Washingtoner Vertrag.

Er sah vor, die Flottenstärken der USA, von Großbritannien, Japan, Frankreich und Italien im Verhältnis 15 zu 15 zu 9 zu 5 zu 5 zu fixieren.

Dabei wurde festgelegt, dass die USA und Großbritannien je 15 der modernsten Schlachtschiffe *(so nannte man nun die Super-Dreadnoughts)* zu 35 000 Tonnen im Dienst halten dürfen, Japan neun Schlachtschiffe. Frankreich und Italien wollte man je fünf Schlachtschiffe, also 175 000 Tonnen Gesamtkapazität zugestehen. Daraufhin verweigerten Frankreich und Italien die Ratifizierung.

Man hielt sich aber auch dort ohne diese Schritte bis weit in die dreißiger Jahre an diese Vorgaben.

Infolge dieses Vertrages wurden in allen beteiligten Marinen etliche fertige oder halbfertige Schlachtschiffe verschrottet, überall größere und weiterführende Pläne verworfen.

Die USA und Japan bauten je zwei solche Schlachtschiff-Rümpfe zu Flugzeugträgern um.

Darüber hinaus wurden die Panzerkreuzer offiziell abgeschafft, neu gebaut werden durften nur noch „Schwere Kreuzer" zu je 10 000 Tonnen Wasserverdrängung und mit Geschützen zu acht Zoll *(20,3 cm)* – auch davon bekam jede Marine eine gewisse Marge solcher Schiffe zugesprochen *(der so genannten „Washington-Kreuzer")*.

Daneben gab es „Leichte Kreuzer", die nur 6 000 Tonnen Wasserverdrängung haben sollten, Geschütze von 6 Zoll *(15,2 cm)*. Deren Gesamttonnage stand ebenfalls im entsprechenden Verhältnis der Staaten untereinander und es gab weitere Reglementierungen.

So konstruierte man in Deutschland „Panzerschiffe".

Die Washingtoner Formeln zur Berechnung der Tonnage galten als großzügig. Die so ermittelten 10 000 Tonnen entsprachen klassisch gerechnet einer solchen der Panzerschiffe von etwa 12 000 Tonnen.

Als die Nazis an die Macht kamen, befasste man sich gerade mit dem dritten dieser Schiffe. Es blieb dann auch das letzte, danach ließ Hitler Schlachtschiffe bauen.

Aus den Erfahrungen der Kaiserzeit hatte man gelernt. Die neuen Leichten Kreuzer hatten 15 *l 60* cm-Geschütze und schossen damit über 25 Kilometer, genau 257 hm, weit. Auch alle anderen Neubauten bekamen ausgesprochen lange Kanonen, die zum Teil weiter schossen, als man mit dem bloßen Auge sehen konnte – im Krieg wurde deren Feuer über solche großen Entfernungen per Funk geleitet.

Die Schiffe ließ Hitler im spanischen Bürgerkrieg einsetzen, wie dort auch die neue Luftwaffe ihre Brutalität zeigen durfte. Die ganze Welt musste zur Kenntnis nehmen, wie im April 1937 deutsche He 111-Bomber das friedliche Städtchen Guernica zur Ruinenlandschaft zerstörten, 1645 Tote und 889 Verletzte waren das Ergebnis eines ersten „erfolgreichen" Flächenbombardements.

# 15

Der erste außenpolitische Erfolg Hitlerdeutschlands war das Konkordat mit der Katholischen Kirche, das 1933 abgeschlossen wurde. So gab es für Hitler mit dieser Organisation wenige Probleme. Erst während des Krieges, als die Euthanasie-Programme ausgeführt wurden, protestierten einzelne Vertreter der Katholischen Kirche öffentlich dagegen.

Die Katholische Kirche blieb frei von Gleichschaltungsversuchen.

Für den evangelischen Bereich wurde erstmals in Deutschland ein Reichsbischof gewählt. Die unterschiedlichen Landeskirchen behielten dem zum Trotz ihre weitgehende Selbständigkeit, dem NS-Regime unterschiedlich nah verbunden.

Einzelne Pfarrer, die sich klar und deutlich gegen die Nazis öffentlich bekannten und von einer biblischen Position her deren ungesetzliches Tun beim Namen nannten, wurden ernsthaft verwarnt, polizeilich observiert, kamen in ein KZ und ihnen drohte dann das Martyrium, der Tod eines Zeugen des Evangeliums.

Ich erinnere mich in diesem Zusammenhang an Paul Schneider. Der hatte nach 1918 Theologie studiert, nachdem er sich im Krieg freiwillig gemeldet hatte. Er stammte aus einer Pfarrer-Familie, die sich zu den Reformierten rechnete. Seit 1926 Pfarrer in Hochelheim bei Wetzlar bekam er 1933 erste Probleme mit der Gestapo *(Geheime Staatspolizei)*, weil er die Kirchenglocken nicht aus politischem Anlass läuten lassen wollte. Er kritisierte Zeitungsartikel der Nazis und erhielt weiteren Widerspruch in seinem Presbyterium, musste so die Pfarrstelle wechseln und bewarb sich 1934 in Dieckenschied im Hunsrück. Er arbeitete in der BK mit und nahm an der Barmer Synode 1934 teil. Als er sich öffentlich gegen das „Neuheidentum" der Nazis wandte, wurde er ein erstes Mal verhaftet. Da er sich nicht an über ihn verfügte Aufenthaltsbeschränkungen hielt, brachte man ihn in das KZ Buchenwald bei Weimar.

Dort tröstete er Mithäftlinge, stärkte deren Widerstandskraft und wirkte so als „Prediger von Buchenwald".

Dafür sperrten sie ihn in eine Einzelzelle, in der er über ein Jahr bleiben musste und von wo er aus dem vergitterten Fenster weiter Bibelsprüche und Glaubensbekenntnisse herausrief. Mit Schlägen und anderen Quälereien wollte man ihn zum Schweigen bringen.

Das gelang am 18.7.1939 dem Lagerarzt mit einer Giftspritze.

Paul Schneider wurde so zum ersten evangelischen Märtyrer der Nazizeit.

Der Engländer George Bell, der Bischof von Chichester, veröffentlichte noch im Juli 1939 darüber einen Bericht in der Londoner „Times", so dass alle interessierte Welt davon wissen konnte.

Bischof Bell hatte vorher bereits die Welt über Martin Niemöller informiert.

Niemöller war wie ich Marine-Offizier, zuletzt Kapitän eines U-Bootes (,UC 67'), mit dem er beinahe das Schiff versenkt hätte, das den internierten Albert Schweitzer

1918 von Afrika nach Frankreich brachte. Über diesen Umstand tauschten beide in den fünfziger Jahren Briefe aus, als sie im gemeinsamen Kampf gegen die Atombombe in herzlichem Einvernehmen standen.

Niemöller studierte Theologie und wurde 1931 Pfarrer in Berlin-Dahlem. Er hatte seit 1924 die NSDAP gewählt und begrüßte 1933 die Machtübertragung an Hitler.

Er kritisierte aber gleich die Vermengung von politischen Aussagen mit Glaubensbekenntnissen.

Er wandte sich gegen den „Arierparagraphen", also die Entfernung jüdisch stämmiger Pfarrer oder anderer kirchlicher Mitarbeiter aus dem kirchlichen Dienst, gründete dazu den „Pfarrer-Notbund", dem sich damals jeder dritte deutsche evangelische Pfarrer anschloss.

Im Januar 1934 kam es zu einem Empfang bei Hitler in der Reichskanzlei. Niemöller hatte dies Treffen mit den Seinen vorbereitet. In einem abgehörten Telefonat bestätigte man sich die guten Vorbereitungen im Marine-Jargon: „Alle Minen sind gelegt."

Niemöller wunderte sich danach, dass er auf dem Empfang nicht zu Wort kam. Stattdessen hielt ihnen Hitler eine seiner berüchtigten Reden, in der er den Kirchenkampf der BK als Kampf gegen Deutschland beschimpfte, ein Kampf gegen ein Nazi-Deutschland, wie es Hitlers Vorstellungen entsprach.

Niemöllers Pfarrer-Notbund arbeitete gemeinsam mit anderen 1934 in Barmen für die BK.

Ein Angriff auf den Chefideologen der Nazis, auf Alfred Rosenberg, beantwortete man 1935 mit einer ersten Inhaftierung Niemöllers.

Im Juli 1937 wurde Niemöller erneut verhaftet. Es waren etwa 40 Verfahren gegen BK-Pfarrer anhängig, er sollte als ein Rädelsführer verurteilt werden. Die Strafe, zu der er dann verurteilt wurde, entsprach seiner Untersuchungshaft. Aber statt einer Entlassung brachte man ihn in das KZ Sachsenhausen bei Berlin, als „besonderen Gefangenen des Führers".

Während man seine Hinrichtung fürchtete, trug Bischof Bell die Geschichte in die Weltöffentlichkeit.

Nach dem Beginn des 2.Weltkriegs wandte sich Niemöller in einem Brief an Hitler, um wieder als U-Boot-Kommandant Deutschland militärisch zu dienen. Niemöller war wohl immer noch konservativer Nationalist, der seinen Widerstand gegen die Nazis weniger politisch, vielmehr religiös verstanden sehen wollte.

Hitler lehnte den Vorschlag ab.

1941 brachte man Niemöller in das KZ Dachau bei München, in dem sehr viele Geistliche unterschiedlicher Konfession aus etlichen europäischen Staaten inhaftiert waren.

Er blieb aber „Sonderhäftling", lebte nicht im „Pfarrer-Block" mit den anderen Geistlichen, sondern im „Ehrenbunker", einem speziellen Teil des Arrest-Blocks, zusammen mit drei katholischen Priestern, Michael Höck, Karl Kunkel und Johannes Neuhäusler.

Hier änderte sich Niemöllers Standpunkt, den er nach dem Krieg und nach seiner Befreiung in der Öffentlichkeit präsentierte. Er sah nun seine Aufgabe in der kirchlichen Arbeit darin, zu der Überwindung des Rassismus beizutragen, zu der von Grenzen und Ideologien. Er verzichtete fortan auf Abgrenzungen gegenüber Andersdenkenden, solange man verbündet in der gleiche Richtung tätig war. Er arbeitete nun auch mit Kommunisten zusammen, die er als Leidensgenossen aus dem KZ respektierte und als Verbündete akzeptierte.

Niemöller bekannte die Mitschuld der christlichen Kirchen an der Herrschaft und den Verbrechen der Nazis.

Tante Else erzählte später in Chile dazu Einzelheiten:

Einen ersten Anlauf nahm man im Oktober 1945, als die Evangelische Kirche in Deutschland sich neu formieren wollte und die Ökumene eine Anerkennung und Zusammenarbeit von einem deutschen Schuldbekenntnis abhängig machte. Niemöller hätte das klar und deutlich gegeben, aber Dibelius und Asmussen, die mit Niemöller eine gemeinsame Formulierung suchten, verwässerten das zu den berüchtigten Komparativen:

„Wir klagen uns an, dass wir nicht mutiger bekannt, nicht treuer gebetet, nicht fröhlicher geglaubt und nicht brennender geliebt haben", als hätte die Kirche mutig bekannt, fröhlich geglaubt und – etwa die verfolgten Juden! – brennend geliebt.

Aber für die ökumenischen Partner reichte der Text aus, in Deutschland traute man sich kaum, diese Worte öffentlich bekannt zu machen – der Ungeist der DC war noch viel zu ungebrochen, die Nazi-Verbrechen wollte noch zu wenige wirklich wahrhaben.

Niemöller formulierte zwei Jahre später gemeinsam mit Karl Barth und Hans Joachim Iwand das „Darmstädter Wort zum politischen Weg unseres Volkes".

In der Tradition von Barmen stellt es fest:

**„Wir sind in die Irre gegangen,**
- als wir begannen, den Traum von einer besonderen deutschen Sendung zu träumen, als ob am deutschen Wesen die Welt genesen könne. ...Es war verhängnisvoll, ...unseren Staat nach innen allein auf eine starke Regierung, nach außen allein auf militärische Machtentfaltung zu begründen.
- als wir begannen, eine ‚christliche Front‘ aufzurichten... Das Bündnis der Kirche mit den das Alte und Herkömmliche konservierenden Mächten hat sich schwer an uns gerächt ...Wir haben die christliche Freiheit verraten. .. Wir haben das Recht zur Revolution verneint, aber die Entwicklung zur absoluten Diktatur geduldet und gutgeheißen.
- als wir meinten, eine Front der Guten gegen die Bösen ... im politischen Leben und mit politischen Mitteln bilden zu müssen.

Wir haben es unterlassen, die Sache der Armen und Entrechteten ... zur Sache der Christenheit zu machen.“

Diesem Wort verweigerte die Kirche die Zustimmung, es erschien zu radikal. Man arbeitete an einer Front im ‚Kalten Krieg‘ gegen den Osten – da ging solch ein Wort von der Schuld der Christen in Deutschland wohl deutlich zu weit, so ernst wollte man ein Schuldbekenntnis nun doch nicht nehmen.

Ich hatte bereits vor dem Kriegsbeginn von Niemöller gehört. Meine Tante schrieb mir davon aus Berlin, wo

Niemöller in evangelischen Kirchenkreisen stadtbekannt war.

Die BK-Gemeinden hatten Fürbittlisten, auf denen die Namen verhafteter Menschen standen, die mit ihrem Schicksal nicht in Vergessenheit geraten sollten – Christen erwarten, dass Gott ihre Gebete erhört – natürlich nach seinem Wohlgefallen. Das wichtigste und richtigste Gebet dürfte auch in diesem Zusammenhang lauten: „Dein Wille geschehe!"

Martin Niemöllers Name stand auf diesen Listen, anders als der von Dietrich Bonhoeffer während dessen Tegeler Zeit. In Bonhoeffer sah man damals eher einen politischen Häftling, weniger einen, der um seines christlichen Glaubens willen eingesperrt war – so konnte man damals Menschen und ihre Beweggründe missverstehen.

Zu den Nachrichten, die in der Kriegszeit nach Chile drangen, gehörte auch die von dem Marine-Offizier in hitlerscher „Ehrenhaft" in Dachau.

Ich merkte mir den Namen dieses Martin Niemöller, der über die Ökumene bekannt wurde.

Der spätere breite Kampf gegen die Atom-Bewaffnung, in dem ich auch auf den Namen meines guten alten Bekannten, den des Albert Schweitzer, stieß, schien mir vernünftig und für ein Überleben der Menschheit unverzichtbar. Hiroshima und Nagasaki konnten doch keine Wege sein, die der Menschheit eine friedliche und gerechte Zukunft eröffnen würden.

Für Menschen in Ländern wie Chile entwickelten sich pazifische Atomversuche jedenfalls nur zu einer gesundheitlichen Bedrohung.

Viele der mir vertrauten europäischen beziehungsweise abendländischen Traditionen und überlieferten Richtigkeiten wurde mir dabei immer fragwürdiger:

Gehörte man in Chile zum Beispiel nach deutschem Verständnis zur „Ersten Welt"? Sicher doch wohl nicht zur „Zweiten Welt", aber man sah doch hoffentlich Chile nicht als einen Vertreter der „Dritten Welt".

Die Stereotypen des Antikommunismus waren mir aus den Diskussionen zurückliegender Zeiten geläufig.

Um der Gefahr von „Links" zu entgehen, war man der Katastrophe von „Rechts" erlegen!

In diesem Zusammenhang gefiel mir Niemöllers bekanntes Wort, mit dem er seinen Gesinnungswandel vom nationalen „Rechts-Außen" zum „Weltbürger" verdeutlichte:

„Als die Nazis die Kommunisten holten, habe ich geschwiegen; ich war ja kein Kommunist.
Als sie die Sozialdemokraten einsperrten, habe ich geschwiegen; ich war ja kein Sozialdemokrat.
Als sie die Gewerkschafter holten, habe ich geschwiegen; ich war ja kein Gewerkschafter.
Als sie mich holten, gab es keinen mehr, der protestieren konnte."

Ich will nun zurück zu meiner Beschreibung der kirchlichen Situation im Deutschland der Nazi-Zeit, die mich über Paul Schneider und Martin Niemöller zur Anti-Atom-Bewegung der fünfziger Jahre gebracht hatte:

Während der dreißiger Jahre entwickelten sich Strukturen einer Bekennenden Kirche in ziemlich unklaren Verhältnissen zu den offiziellen kirchenleitenden Organen, Strukturen von Bekenntnisgemeinden und eigenen theologischen Ausbildungsformen.

Dietrich Bonhoeffer leitete zum Beispiel zeitweilig ein entsprechendes Predigerseminar in Finkenwalde. Gemeinden stellten Räume und entsprechende Hilfsmittel zur Verfügung, dass Ausbildungsformen einer kirchlichen Hochschule wahrgenommen werden konnten.

Man sammelte Spenden, diese Arbeit zu finanzieren.

So betrieb zum Beispiel Gustav Heinemann in Essen in seinem Büro eine Rechtsanwaltskanzlei, während unten in seinem Keller auf Druckmaschinen heimlich die Informationsblättchen der BK vervielfältigt wurden.

Die Gestapo versuchte derartiges im Auge zu behalten und entsprechende Verbote auszusprechen und durchzusetzen. Viele BK-Pfarrer meldeten sich deswegen zur Wehrmacht, um dort von der Gestapo weniger behelligt zu werden.

Viele dieser Pfarrer sind so zu Tode gekommen.

Die Situation wurde im Fortgang des Krieges immer weniger übersichtlich. Wenn die Nazis den Krieg gewonnen hätten, wäre wohl von einer Evangelischen Kirche, die diesen Namen im biblischen Sinne verdiente, nicht mehr viel übrig geblieben.

So schrieb und erzählte meine Tante mir, ihrem Neffen Gerhard, nachdem man wieder offen schreiben durfte. Jetzt teilte sie mir auch mit, dass sie mit einigen Gleichgesinnten im Kriege immer für die Erfolge der Alliierten gebetet hätten.

Im Interesse Deutschlands musste Nazi-Deutschland diesen Krieg verlieren.

So schwer die Befreiung Berlins durch die sowjetische Armee im einzelnen von den jeweils betroffenen Berlinerinnen und Berlinern zu ertragen war, war es doch eine Befreiung Deutschlands von einer Verbrecherbande, die den guten deutschen Namen missbraucht und vor aller Welt in den Schmutz getreten hatte.

Besonders belastend war in diesem Zusammenhang, dass die Versuche von Deutschen, sich von diesem Missbrauch von sich aus, also aus eigener Kraft, zu befreien, die es ja durchaus über die Jahre immer wieder gegeben hatte, alle scheiterten:

Die Studenten der „Weißen Rose" wurden hingerichtet, ebenso die Offiziere des 20. Juli 1944 und ihre Freunde und Gesinnungsgenossen aus recht weitläufigen bürgerlichen Kreisen.

Ähnlich erging es kommunistischen und sozialdemokratischen Arbeitern, regional organisiert in verschiedenen Untergrund-Bewegungen oder auf einzelne Betriebe beschränkt.

Auch die Widerstandsformen in den KZs hatten immer nur begrenzten Erfolg – Buchenwald war dann im April 1945 das einzige KZ, das sich – als die US-Truppen in Reichweite standen – selber von der SS-Herrschaft militärisch befreien konnte.

Für mich erschien dieses Schicksal Deutschlands, das Zugrunde-Gehen in der Nazi-Gefolgschaft, die einigermaßen logische Konsequenz geschichtlicher Versäumnisse dem entsprechend, was ich noch während des Ersten Weltkriegs mit meinem Kommandanten der ‚Münster' diskutiert hatte. Der sah solche Entwicklungen kommen als wohl unvermeidliche Folge des preußischen Militarismus, verstärkt durch die Versailler Demütigung.

Deshalb hatten wir beide uns damals gegenseitig darin bestärkt, lieber in Chile ein neues Leben zu beginnen als uns in Deutschland in dieses Abgleiten in einen für uns vorhersehbaren Untergang hinein ziehen zu lassen.

Ich als Herausgeber stelle mir hier die Frage, ob solche Exil-Deutschen – wären sie in Deutschland geblieben - nicht vielleicht aktiv solche Anti-Nazi-Aktivitäten hätten unterstützen sollen. Aber wenn ich an Gerhard Hartmanns Bemerkungen zu den Gegnern des Ermächtigungsgesetzes denke, dann räume ich natürlich sofort ein, dass Gerhard sich mit seinen Äußerungen hier keineswegs über seine Landsleute erheben will – er bedauert hier wohl nur die allgemeine Schwäche.

Im Manuskript heißt es weiter:

Mir ist es sehr wichtig, gerade solche Überlegungen Menschen wie dir, Stefan, und weiteren Menschen in deinem Alter mitzuteilen, die von der deutschen Geschichte oft wenig wissen. Was sie davon wissen, beruht vielleicht auf sehr einseitigen Informationen. Mancher nennt möglicherweise auch meine Informationen einseitig.

Aber wer sich vielfältig von verschiedenen Seiten her informiert, kann solche Einseitigkeiten leichter ausgleichen. Ich kann dich nur ermuntern, dich sehr breit zu informieren.

Ich selber danke Gott, dass dieser mich Wege geführt hat, die es mir ersparten, persönlich dem Nationalsozialismus ausgesetzt zu sein und vor der Entscheidung zu stehen, mit den Wölfen zu heulen oder als Märtyrer zu Tode zu kommen.

Ich wüsste nicht, wie ich mich in solchen Situationen jeweils verhalten würde. Obwohl ich zu wissen meine, was da jeweils richtig oder falsch ist, erscheint es mir doch unklar, wie weit ich den Mut aufbringen würde, mich öffentlich gegen eine herrschende Mehrheit zu stellen.

In Chile war es für mich sehr viel leichter, gegen die Nazis und deren Verbrechen Stellung zu nehmen.

Auch hier gab es Nazi-Sympathisanten und entsprechende Organisationen, die 1940 laut jubelnd ihre Fahnen schwangen. Aber es kam das Jahr 1945, und die meisten dieser Menschen behaupteten danach, nie wirklich für die Nazis gewesen zu sein.

Sie hätten sich nur über die deutschen militärischen Erfolge gefreut.

Dabei vermieden sie, sich darüber klar zu werden, wohin solche „Erfolge" geführt hätten, wenn andere militärische Kräfte solche Ergebnisse nicht eindeutig verhindert hätten.

# 16

Dr. Silberstein war mit seiner Familie Ende 1933 in Chile angekommen und hatte sich als praktischer Arzt in Santiago niedergelassen.

Mit seiner Frau hatte er schon bald nach der Ankunft in Chile überlegt, die Schwiegermutter, meine Tante Else, nachkommen zu lassen.

Als die Familie 1933 Deutschland verlassen musste, konnte die Schwiegermutter sie nicht begleiten.

Einmal erschien ihnen ihre Zukunft zu ungewiss, man wusste nicht, was sie in Chile im Einzelnen erwarten würde.

Dann hatte die ältere Dame ihren kranken Mann zu versorgen. Daneben ging sie ihrer Berufstätigkeit als Verkäuferin in einer Buchhandlung nach.

Die Situation hatte sich mittlerweile geändert. Der kranke Schwiegervater war in einem Bombenangriff umgekommen, als er nicht mehr rechtzeitig einen Luftschutzkeller erreichen konnte.

Die Schwiegermutter hatte nun das Rentenalter erreicht. Sie ging noch gelegentlich in der Buchhandlung aushelfen, da das mit der Rente ziemlich unklar war und sie Geld brauchte,

Als ich diese Situation mitbekam, setzte ich mich mit den Silbersteins zusammen und wir beschlossen, der Tante Else anzubieten, doch nun ihr Leben in Chile fortzusetzen.

Es gab immer wieder Deutsche, die aus welchen Gründen auch immer Deutschland verlassen wollten oder mussten und die nun in Argentinien, Chile oder irgendwelchen anderen südamerikanischen Staaten lebten. Visa-technisch erschien dies lösbar. Ich bot an, einen Beitrag zu den Reisekosten zu leisten.

Tante Else überlegte nicht lange. Ihre eigentliche Wohnung in Berlin war im Herbst 1943 ausgebombt. Sie wohnte in Friedrichshagen bei einer Schwester ihres verstorbenen Mannes, etwas außerhalb der Berliner Innenstadt, sehr beengt. Auch die Schwägerin schien nicht besonders böse zu sein, dass sie ihr kleines Häuschen nun wieder uneingeschränkt für sich und die Ihren würde nutzen können.

In den Jahren hatte sich ein regelmäßiger Kontakt zwischen meiner Familie und Silbersteins entwickelt. Wir luden uns gegenseitig ein zu Familienfesten, unternahmen gemeinsame Ausflüge und kleinere Reisen, in denen wir uns mit unserem Land und seinen Menschen vertraut machten.

In dem Zusammenhang erinnere ich mich an ein längeres Gespräch, das ich mit Dr. Silberstein über den Antisemitismus führte, der ihn nach Chile gebracht hatte und von dem sein Leben auch hier keineswegs völlig frei blieb.

Er hatte dafür eine ganz nüchterne Theorie:

Er verglich die Situation der Juden in Europa mit der Lage anderer Minderheiten unter anderen Völkern. Er nannte als Beispiele die Armenier in der Türkei oder die Kopten in Ägypten.

„Wenn solche Minderheiten sich nach außen abschließen und alles zu vermeiden suchen, in der Mehrheit aufzugehen, dann kann es immer wieder zu Pogromen kommen. Juden haben das über viele Jahrhunderte in Europa immer wieder erleben müssen.

Allen solchen Minderheiten ist gemeinsam, dass man sie für relativ intelligent hält, für geschäftstüchtig, oft sagt man ihnen aber auch Arroganz oder Rücksichtslosigkeit nach oder eine Tendenz, andere zu übervorteilen."

Für Dr. Silberstein gibt es dafür eine einleuchtende Erklärung. Er schlägt dazu ein Gedanken-Experiment vor:

„Wenn man 100 beliebige Menschen auswählt, die in drei anfangs gleichgroße Gruppen nach ihrer Intelligenz einteilt, dann mag die erste Gruppe 33 Mitglieder haben, die zweite 34, die dritte, die am wenigsten intelligente, wieder 33 Menschen.

Wenn da nun in einem Pogrom von diesen Menschen die Hälfte umgebracht wird, dann wird sich die Rate der Toten sicher nicht gleichmäßig auf alle drei Gruppen verteilen. Die menschliche Erfahrung spricht dafür, dass von der intelligentesten Gruppe vielleicht 25 Mitglieder überleben, von der zweiten Gruppe 17, also genau die Hälfte; von der dritten Gruppe haben nur acht Personen Glück gehabt. Es bleiben also 50 Personen übrig.

Wir rechnen in unserem Modell nun 100 Jahre weiter: Jede Gruppe hat sich inzwischen verdoppelt, so dass es wieder 100 Personen sind.

Wenn man nun diese 100 wieder den drei Gruppen zuordnet, dann gehören zur ersten, zur intelligentesten, Gruppe bereits 50 Personen, also den Nachkommen der überlebenden 25 der ersten Gruppe, entsprechend zur zweiten wieder 34 und zur dritten, der am wenigsten intelligenten, nur noch 16.

Wenn diese drei Gruppen nun wieder ein Pogrom trifft, der die Hälfte umbringt, wird sich diese Entwicklung tendenziell fortsetzen. Niemand braucht sich zu wundern, dass nach Jahrhunderten mit etlichen Pogromen und Verfolgungen diese Minderheiten deutlich intelligenter sind als der Durchschnitt.

Wenn man solche Gruppen nun in einem zweiten Gedanken-Experiment nicht nur nach der Intelligenz einteilt, sondern vielleicht auch nach der Menschenfreundlichkeit, dann dürfte sich schnell herausstellen, dass die Menschen, die am wenigsten auf andere Rücksicht nehmen, in Verfolgungssituationen die besten Überlebens-Chancen haben – und heraus kommt der Befund, den Antisemiten uns Juden vorwerfen.

In der Judenverfolgungen werden also die Bedingungen produziert, die die Voraussetzungen solcher Verfolgungen immer wieder verstärken können."

Soweit die Theorie von Dr. Silberstein.

Ich fragte da natürlich: „Das ist ja ein Teufelskreis. Kommt man da gar nicht wieder heraus?"

Dr. Silberstein zuckte mit den Schultern: „Solange solche Minderheiten auf ihre Eigenständigkeit Wert legen, die Juden darauf beharren, Juden zu bleiben, kann sich da nicht viel ändern. Wenn wir uns assimilieren und es dann keine Verfolgungen mehr gibt, entsteht sicher irgendwann eine andere Situation. Ich habe deine Cousine Veronika geheiratet, meine Kinder sind nun keine Juden mehr. Ein Jude ist nur, wer Kind einer jüdischen Mutter ist."

„Wie stehst du denn dann zum Zionismus? Der ist doch wohl gegen jede Assimilierung?" fragte ich.

„Es gibt ja Menschen, die den Zionismus für eine Form von Rassismus halten. Dem stimme ich natürlich nicht zu. Zionismus ist in meinen Augen stattdessen eine Form von Reaktion auf den Rassismus und den Antisemitismus, aber er bleibt eben in deren Bahnen und Denkmustern. Gegen den Teufelskreis, von dem wir gesprochen haben, hilft er nicht wirklich. Zionismus kann auf seine Art sogar dazu beitragen, dass bei Antisemiten deren Haltung verstärkt wird.

Wenn der Zionismus den Juden zu einem eigenen Staat verhelfen sollte, dann kann auch der nur zur Überwindung des Antisemitismus beitragen, wenn dieser Staat und seine Bewohner auf alle Besonderheiten verzichten. Ein Staat Israel muss dann ein Staat sein wie alle anderen, seine Bewohner und deren Rechte müssen vergleichbar sein anderen Menschen und deren Menschenrechten. Nur so kann solch ein Teufelskreis überwunden werden.

Und das wird entsprechend für alle unterdrückten und verfolgten Minderheiten gelten, also auch für die Armenier und für die Kopten."

# 17

Im Oktober 1947 kam die Tante Else bei ihrer Familie in Santiago an, und es ging ans Erzählen. Vieles von dem, was ich hier jetzt für mich und meine Leser aufschreibe, sind – was die Situation in Deutschland während der Jahre bis 1945 betraf – Dinge, die Tante Else zur Sprache brachte.

Ihre beiden Enkelinnen waren Anfang der zwanziger Jahre in Berlin geboren. Als sie 1933 Deutschland verlassen mussten, waren sie zehn und zwölf Jahre alt. Da man in der Familie zu Hause immer noch deutsch sprach, konnten sie sich einigermaßen mühelos mit der Oma unterhalten und deren Berichte mit Interesse verfolgen.

Tante Else erzählte von den Kriegsjahren in Berlin:

Bis 1943 sei es mit den Luftangriffen eigentlich gegangen, aber dann wurde es schlimm. Es gab fast jeden Abend Fliegeralarm, auch wenn nicht jeder Angriff wirklich Berlin galt. Sie hatte dann länger nicht mehr richtig schlafen können, weil man meist erst nach Mitternacht Entwarnung gegeben hatte.

Wir fragten sie nach ihren Erlebnissen, als ihr Mann starb und sie ausgebombt wurde.

Es war ihr nicht sehr angenehm, darüber länger zu erzählen. Im November 43 trafen Bomben ihre Gegend. Sie selber war schon mit ihrer Tasche, in der sie die wichtigsten Dinge mit sich führte, im Luftschutzkeller. Ihre Wohnung lag drei Treppen hoch, Onkel Kurt, ihr Mann, ging am Stock und kam die Treppe nicht so schnell herunter. Es krachte sehr laut, und dann fand man ihn tot zwischen den Glasscherben der Fensterscheiben auf einem Treppenabsatz. Ob ihn ein Splitter umgebracht hatte oder ob er vor Schreck einen Herzschlag erlitt, hat keiner mehr genauer festgestellt. Kurt galt als Bombenopfer, das Haus als einsturzgefährdet, in die Wohnung durfte sie nicht mehr zurück. Das wars.

Ihre Schwägerin nahm sie auf.

Sie beschrieb Berlin als eine Trümmer- und Ruinenwüste. Manchmal standen noch Außenmauern der Häuser mit den ausgebrannten Fensterhöhlen, manchmal gab es zu beiden Seiten breiter Straßen nur noch Schutthalden, zwischen denen sich in der Straßenmitte ein manchmal schmalerer, dann auch wieder breiterer Weg schlängelte.

Sehr schnell nach der Kapitulation der Nazis hatten die Besatzungsmächte ein deutliches Interesse an einer Normalisierung der Lebensverhältnisse.

Schon bald ließ man an einigen Ecken wieder Straßenbahnen fahren, ebenso begann nach und nach in Etappen der S-Bahn-Verkehr.

Was manchen erstaunte, war die Tatsache, dass bereits wenige Tage nach dem Ende der größten deutschen Katastrophe auf etlichen Gebieten wieder der Alltag begann:

Tante Else stand auf einmal vor einer Bude mit dem Schild: „Hier gibt es Lebensmittelmarken".

Das waren noch die alten Nazi-Karten, das Hakenkreuz war überstempelt, aber natürlich noch zu erkennen.

Die Tante war angenehm überrascht und stellte mit Freude fest: Möge in Deutschland die Welt untergehen – auch dann wird es irgendwo Lebensmittelmarken geben. Ordnung muss sein.

Was es dafür an Lebensmitteln gab, war auch wieder ein anderes Kapitel, aber immerhin, die Bürokratie arbeitete mit erstaunlicher Perfektion.

Tante Else erzählte eine weitere Episode aus den Mai-Tagen des Jahres 1945:

In der Nähe einer alten Dorfkirche fand sie an einem Haus ein Papp-Schild. Darauf stand „ПАСТОР".

Passanten amüsierten sich, weil ihnen dazu das Wort „Nachttopp" einfiel.

So lasen Deutsche das Wort, das „Pastor" bedeutet. Die Russen markierten offensichtlich das Pfarrhaus, vielleicht damit sich ihre Soldaten beim Plündern und Marodieren etwas zurückhielten.

Die kyrillische Schrift war damals den Deutschen noch fremder als später. Da gehörten dann kyrillische Beschriftungen der Grenzschilder sogar zum Westberliner Alltag.

Tante Else berichtete von der Entwicklung des Schwarzmarkts, wo jeder irgendetwas Überzähliges zu verkaufen suchte, um dafür Lebensmittel oder Zigaretten einzutauschen.

Die Alliierten verboten einerseits diese Märkte, andrerseits gab es auch bei denen immer welche, die sich lebhaft mit ihren Angeboten beteiligten. Außerdem: Wo sollten eigentlich sonst die Zigaretten herkommen, die dort verhökert wurden, wenn nicht von den Sieger-Armeen?

Anfangs hatte man es nur mit den Russen zu tun, aber mit dem Juli 45 kamen auch die Amerikaner, die Briten und die Franzosen.

Es gab Entnazifizierung, Untersuchungen, Befragungen, Denunziationen. Keiner wollte Nazi gewesen sein. Niemand wusste genau, wem man was glauben sollte, wenn man die Menschen nicht von früher kannte.

Mancher verrät sich dabei durch die Sprache:

Die Kommunisten und ihre Sympathisanten bezeichnen ihre Gegner als „Faschisten" und nennen deren Ideologie „Faschismus".

Die von den Nazis geprägten sprechen oft recht unüberlegt vom „Dritten Reich", ironisch dann auch vom „Tausendjährigen Reich".

Tante Else sagte, dass unter ihren BK-Bekannten und Freunden immer nur von den „Nazis" die Rede war, die Nazi-Sprache und deren Begriffe suchte man zu meiden, so gut es irgend ging.

Wenn sie unbekannte Menschen traf und sich ein Bild machen wollte, wen sie vor sich hätte, würde sie generell auf solche Wortwahl achten und hätte sich dabei selten getäuscht.

Dann fragten wir die Tante, wie sie die Tage Ende April/Anfang Mai 1945 erlebt hatte.

Sie erzählte von dem Wahnsinn, bis zum allerletzten Schluss den allgewaltigen Nazis gegenüber so tun zu müssen, als glaubte man noch an den Endsieg.

Die Russen kamen von allen Seiten auf Berlin zu, kreisten die Stadt ein und begannen einen heftigen Straßenkampf. Sie lebte da in Friedrichshagen. Ab dem 24. April begannen dort die Schießereien, die sich bald weiter zur Innenstadt hinzogen.

Der Inhaber ihres kleinen Lebensmittelladens goss unmittelbar zuvor alle seine Alkohol-Bestände aus – er fürchtete die Plünderung, das Saufen und den Vandalismus, der dadurch ausgelöst werden würde.

In einer der kleinen Vorortstraßen, wo nicht wirklich gekämpft worden war, versuchte ein älterer Herr die ankommenden Soldaten der Sowjet-Armee mit Brot und Salz als Befreier zu begrüßen. Die lachten bloß, schlugen ihm alles aus der Hand, rissen ihm seine goldene Uhr von der Weste, vergewaltigten vor seinen Augen seine Frau und weitere weibliche Wesen der näheren Umgebung – für sie waren alle Deutsche „Faschisten". Sie glaubten solchen Verhaltensweisen kein Wort und hielten das für Versuche, sich bei ihnen einzuschmeicheln. Sie hielten sich für zu schlau, auf solche „dummen Tricks" reinzufallen.

Die Frauen beschmutzten absichtlich ihr Äußeres, um so möglichst Vergewaltigungen zu entgehen. Man versteckte sich in unzugänglichen Bereichen, aber beim ersten Aufeinandertreffen hatten sich viele noch nicht auf solch ein Verhalten der Sieger eingestellt.

Die Vergewaltigungsversuche gingen bis Anfang Mai. Rechnen musste man auch später damit, aber das wurde dann gelegentlich von den russischen Offizieren verhindert, soweit das irgend durchsetzbar schien.

Die Tante erzählte von einem Vorfall, den sie in ihrer Nähe mitbekommen hatte. Da war ein Mädchen von etwa 13 Jahren, der ein junger Rotarmist zu nahe trat und sie so anfasste, dass ihr das unangenehm war. Sie gab ihm eine Ohrfeige, wie sie das wahrscheinlich mit jedem zudringlichen Deutschen ebenso gemacht hätte. Der Soldat nahm seine Maschinenpistole und schoss auf sie sein Magazin leer. Von einer „Faschistin" ließ er sich nicht ins Gesicht schlagen.

Das Mädchen war sofort tot. Die Eltern bekamen das aus der Nähe mit und waren fassungslos.

Andere junge Frauen hatten erzählt, dass sie von russischen Offizieren beschützt worden waren, die dafür sorgten, dass ihnen nichts geschah. Aber das war wohl keineswegs die Regel, eher die die Regel bestätigende Ausnahme.

Die Tante ergänzte solche Geschichten mit ausdrücklichen Hinweisen auf die Verbrechen, die die Nazi-Truppen in Russland begangen hatten.

Dass in Babi Yar bei Kiew zweihunderttausend jüdische Sowjetbürger von den Nazis erschossen wurden, war eine sehr schlimme Sache, ein Kriegsverbrechen der stärksten Kategorie des Völkermords.

Wie viele ähnliche Gewalttaten geschahen gegen gefangen genommene Soldaten, etwa bei dem Gehorsam gegenüber dem „Kommissar-Befehl"? Der besagte, dass alle in Kriegsgefangenschaft geratenen Sowjet-Soldaten nach ihren Kommissaren befragt wurden, die dann sofort zu erschießen waren.

Oder wie viele russische Kriegsgefangene ließ man einfach verhungern oder verdursten oder schoss ihnen in den KZ eine Kugel in den Kopf?

Tante Else hatte auch von deutschen Soldaten aus der Etappe hinter der Front - etwa aus Weißrussland - gehört, wie die mit sowjetischen Frauen und deren Familien umgingen, bei denen sie einquartiert waren. Die mussten mit ihnen leben und für sie sorgen, als seien es ihre Ehemänner, viele Worte wurden da sicher nicht gemacht.

Der Hass, den die Menschen in Berlin und an anderen deutschen Orten im Frühjahr 1945 erlebten, hatte seine sehr konkreten Ursachen.

Die Tante erzählte auch schlimme Dinge aus den Endkämpfen der letzten Apriltage, regelrechte Verbrechen geschahen da gegen die eigenen Leute und gegen die Zivilbevölkerung:

So bekam eine größere Gruppe von Schuljungen aus der Hitlerjugend, die wohl gemeinsam irgendeine Schule in Neukölln besucht hatten, den Befehl, eine Brücke über den Teltow-Kanal zu verteidigen. Als die zehn bis 12 jährigen mit dem Schießen begannen, gerieten sie in wütendes sowjetisches Feuer, das wohl keiner der Jungs überlebte. Ihre Gräber kann man auf einem Friedhof neben der Brücke finden.

Ebenso verbrecherisch war die Sprengung des Karstadt-Warenhauses am Hermannplatz in Berlin-Neukölln. Dorthin hatten sich sehr viele Berliner geflüchtet. Das Gebäude war ein moderner Betonbau, der gegen Fliegerangriffe und Bordwaffenbeschuss, aber wohl auch gegen Panzer und Artillerie schützen würde.

Damit die Warenbestände nicht in die Hände der Russen fallen sollten, sprengte die SS *(Schutz-Staffel)* das Gebäude, ohne auf die dorthin geflüchteten Menschen irgendwie Rücksicht zu nehmen.

Ähnlich erging es anderen Menschen, die sich etwa am Anhalter Bahnhof in die S-Bahn-Tunnel verkrochen hatten. Auch da war man vor Luftangriffen und Beschuss einigermaßen in Sicherheit. Da die SS fürchtete, durch diese Tunnel könnten die russischen Truppen in ihren Rücken kommen und so Hitlers Reichskanzlei bedrängen, setzten sie diese Tunnel kurzer Hand unter Wasser, so dass sehr viele Menschen ertranken.

Eine Frage wollten wir Tante Else nicht ersparen, die stellten wir ihr natürlich in diesem Zusammenhang:

„Was habt ihr in Deutschland von der Verbrechen der Nazis mitbekommen und gewusst? Kanntet ihr Theresienstadt, Maidanek oder Auschwitz? War bekannt, was da aus den Schornsteinen der Krematorien für ein Rauch aufstieg?"

Tante Else wollte darauf weder mit Ja noch mit Nein antworten. Sie erzählte länger und ausführlicher:

Berliner Juden wurden ab 1940/41 nach und nach deportiert. Es hieß, das ging nach Osten in Arbeitslager. Theresienstadt wurde da genannt in Böhmen, aber auch polnische Orte, neben Auschwitz auch Lodz – damals sagten die Nazis Litzmannstadt -, Warschau und weitere Orte. Mancher sprach auch von Riga. Aber das hatte eigentlich immer den Charakter von Gerüchten. Bestätigungen bekam natürlich niemand.

Andrerseits gab es Eisenbahner, die entsprechende Züge begleiteten. Die deuteten gelegentlich an, dass diese Züge immer nur voll mit vielen Tausenden in östliche Richtungen fuhren und leer zurückkamen. Sie konnte sich nur eines denken, was die Nazis dort mit den vielen Menschen machten – „Wenn das Judenblut vom Messer spritzt ...".

Es gab auch immer wieder Menschen, die aus einem der KZ entlassen waren. Die durften eigentlich nicht über ihre Zeit dort sprechen, aber taten es im Kreise ihrer Vertrauten gelegentlich doch. In allen KZ kamen regelmäßig Menschen zu Tode: Politische Häftlinge, also zumeist Kommunisten oder Menschen in entsprechendem Verdacht; aber auch Juden; Widerstandskämpfer aus den besetzten Gebieten; Kriegsgefangene, meist Sowjet-Soldaten, abgeschossene englische oder amerikanische Piloten; Sinti und Roma; Religiöse wie Zeugen Jehovas, aber auch Kriminelle oder „Asoziale" – Menschen, die einfach nur unangenehm aufgefallen waren.

Bei unzureichender Ernährung sollten die schwerste körperliche Arbeit leisten und kamen darüber oder an den entsprechenden Schikanen zu Tode.

Es gab medizinische Quälereien und vieles, das aus den Berichten nur schwer zu interpretieren war.

Jedenfalls betrieben die KZ in Deutschland eigene Krematorien, deren schwarzer Rauch auch in der Lager-Umgebung zur Kenntnis genommen wurde. Wer sich Gedanken machte, konnte hinterher nicht wirklich überrascht sein von dem, was sich dann deutlich bestätigte.

So Tante Else dazu.

Sie sagte aber weiter, dass sie viele Menschen kannte, die von all dem nichts mitbekommen haben wollen. Wer solche Verbrechen nicht wahrhaben wollte, konnte natürlich immer wegsehen und so tun, als ob es derartiges nicht gäbe.

Da heißt es dann: „Das haben wir nicht gewusst."

Solche Äußerungen sagten weniger über die Situation in Deutschland, sondern viel mehr über diese Menschen und deren politisches Verständnis.

# 18

Ich will als alter Marine-Offizier nun aber auch den Krieg zur See in der Hitler-Zeit kommentieren.

Nach allem, was hier bereits geschrieben steht, wird das niemand so verstehen, als will ich da Heldentaten beschreiben oder irgendetwas entschuldigen oder gar glorifizieren.

Es geht mir hier nur um eine einigermaßen fachliche Beschreibung und Kritisierung der Beteiligten.

Immerhin hat eines von den schon öfter angesprochenen uralten Vor-Dreadnought-Linienschiffen, die ‚Schleswig-Holstein‘, die ersten Schüsse des Zweiten Weltkriegs abgefeuert, am 1.9.1939 gegen 4 Uhr 45 gegen die Westerplatte bei Danzig.

Die modernere Flotte bestand zu der Zeit aus drei Panzerschiffen, die inzwischen etwa 10 Jahre alt waren, und zwei eher kleineren Schlachtschiffen. Sie hießen wie Spees Panzerkreuzer wieder ‚Scharnhorst‘ und ‚Gneisenau‘.

Zwei größere Schlachtschiffe wurden in den nächsten Jahren einsatzbereit, ‚Bismarck‘ und ‚Tirpitz‘.

Weiterhin waren fünf Schwere Kreuzer im Bau, von denen einer, die ‚Admiral Hipper‘, bereits im Dienst stand. Ein zweiter, die ‚Blücher‘, wurde im September 1939 fertig.

Der dritte, die ‚Prinz Eugen‘, konnte Mitte 1940 aktiv werden.

Ein weiterer wurde 1940 an die Sowjetunion verkauft, der letzte sollte 1942 zum Flugzeugträger umgebaut werden.

Das scheiterte an etlichen Schwierigkeiten:

Es gab in Nazi-Deutschland keine Marine-Luftwaffe. Der Luftwaffen-Chef Göring war zu gut mit Hitler befreundet, als dass er es zugelassen hätte, dass in Deutschland Militärflugzeuge aktiv wären, die nicht unter seinem Befehl standen.

Es gab einen Flugzeugträger, die ,Graf Zeppelin', der 1939/40 zu etwa 90 % fertig gestellt war. Weil man sich aber über die Befehlsstruktur und die Einsatzmöglichkeiten nicht einigen konnte, blieb das Schiff unvollendet (!).

Es gab weitere Bauansätze zu Flugzeugträgern, Umbaupläne anderer fertiger Schiffe, aber die genannten Probleme wurden nicht gelöst, und so gab es eben keine Marine-Luftwaffe.

Ich sehe diesen Umstand als ein Indiz dafür, dass die Nazi-Kriegsmarine zwar aus Fehlern und Irrtümern des Ersten Weltkriegs gelernt hat – etwa was die Rohrlänge ihrer Artillerie betraf. Andrerseits war sie aber in der Einschätzung modernerer Waffen nicht bereit, nach vorne zu blicken, etwa darauf, wie weit Flugzeuge nicht nur Marine-Aktivitäten aufklären und kontrollieren, sondern auch dafür sorgen, dass aus Luftherrschaft Seeherrschaft wird.

Die Alliierten waren darin überlegen, aber auch in der Radar-Entwicklung. Damit gelang ihnen irgendwann eine nahezu komplette Überwachung der See.

Die Briten schossen bald bei Dunkelheit und Nebel nur mit Radarkontrolle.

Als das die ‚Scharnhorst‘ im Dezember 1943 im Eismeer erleben musste, konnte sie ohne Sicht nicht sinnvoll zurückschießen und wurde entsprechend versenkt.

Es gab weiter sechs deutsche Leichte Kreuzer, die weitgehend als Schulschiffe genutzt waren, 22 Zerstörer und etwa 24 neuere und darüber hinaus eine Reihe von älteren Torpedobooten aus der Zeit der kaiserlichen Marine.

Die Alliierten blickten vor allem auf die deutschen U-Boote, die bereits in der zweiten Hälfte des Ersten Weltkriegs die effektivste Waffe der kaiserlichen Marine gewesen waren.

Deshalb hatte man in Versailles zwar eine kleine deutsche Flotte zugelassen, aber U-Boote grundsätzlich verboten.

Ich kannte aus meiner Marine-Zeit die U-Boote kaum. Als ich 1913 Deutschland verließ, gab es nur sehr bedingt einsatzfähige Petroleum-Boote. Die Boote mit Diesel-Antrieb kamen erst gegen Ende des Jahres 1913 in Dienst. Alle Informationen, die mit dieser damals neuen Waffe zu tun hatten, waren zu der Zeit nur Insidern zugänglich.

Die weiteren Entwicklungen nahm ich später aus schriftlichen Berichten zur Kenntnis. Dies interessierte mich mehr als andere Menschen – wäre ich 1914 in Deutschland geblieben, hätte ich auch auf U-Booten Dienst leisten können, ich kannte etliche der bekannt

gewordenen Kommandanten aus meiner Ausbildungs-
zeit.

Als im September 1939 Hitler den Krieg mit dem
Überfall auf Polen beginnen ließ, verfügte seine Kriegsmarine über etwa 50 U-Boote. Knapp die Hälfte davon
war für größere Unternehmen einsatzfähig. Die anderen
waren kleine Küsten-U-Boote, die im Wesentlichen dem
Schulbetrieb dienten, der Ausbildung weiterer Besatzungen für die Boote späterer Bauprogramme.

Der U-Boot-Krieg entwickelte sich in den weiteren
Jahren zu der größten Gefahr für den alliierten Handel
und die Versorgung Großbritanniens.

Aber auch bei den U-Booten zeigte sich der Blick
nach rückwärts: Das Rückgrat der Nazi-U-Boot-Waffe
war das Boot vom Typ VII C, eine Weiterentwicklung
des Erste-Weltkrieg-Typ B III.

Ernsthafte technische Neuheiten gingen erst in die
Produktion, als das keine wirkliche Auswirkung mehr
auf die Kämpfe haben konnte.

Ich hätte eine modernere und erfolgreichere Rüs-
tungspolitik der Nazis keineswegs begrüßt, aber ich
kann mir doch solche Einzelkritiken nicht ersparen,
auch wenn das vielleicht missverstanden werden könnte, als nähme ich damit meine Grundsatzkritik an den
Nazis und ihrer Kriegspolitik, die ich nur ganz und total
ablehnen kann, ein Stück weit zurück oder wolle sie
einschränken.

Ich will das hier deshalb festhalten, damit deutlich
wird, wie sehr der Anspruch der Nazis auf Perfektion
und Überlegenheit ihrer Aktivitäten abfällt, wenn man

den mit den Realitäten vergleicht. Im Ergebnis blieb dann nichts Herausragendes, sondern eben Durchschnitt, mal etwas besser, dann auch wieder deutlich weniger.

Auch das möchte ich dir, meinem Großneffen Stefan, gegenüber und ähnlichen jungen Menschen nicht verschweigen!

Als 1941 die USA in den Krieg eintraten, machte sich die industrielle Überlegenheit der Alliierten auch auf diesem Gebiet entsprechend bemerkbar. Die deutschen U-Boote wurden von den Jägern zu den Gejagten.

Es wurden etwa 1000 U-Boote gebaut.

Von ungefähr 40 000 aktiven U-Bootfahrern kamen rund 28 000 zu Tode.

Die Boote erreichten weite Seegebiete. Von der Nordsee und dem Atlantik erstreckte sich die Gefahrenzone für Handelsschiffe im Norden bis ins Eismeer, im Westen bis in die Karibik und im Süden bis in den Indischen Ozean. Dort liefen einzelne deutsche U-Boote auch japanische Häfen in Indonesien an.

Nur die südamerikanische Westküste, also etwa der Bereich vor Chile, blieb frei von einer U-Boot-Gefahr.

Daneben gab es natürlich auch wieder Überwasserschiffe, die Handelskrieg führten. Noch vor Kriegsbeginn begab sich eines der Panzerschiffe, die ‚Admiral Graf Spee‘ in den Atlantik, um dann gleich nach Kriegsbeginn feindliche Handelsschiffe aufzubringen.

Ich las das damals in meinen Zeitungen.

Im Südatlantik verschwanden einzelne Schiffe.

Britische Kreuzer begannen mit der Jagd.

Drei von ihnen stellten die ‚Spee' schließlich vor Montevideo.

Da sie schneller waren, konnte das Panzerschiff nicht entkommen.

Der britische Schwere Kreuzer wurde in dem Gefecht heftig getroffen und zog sich nach den Falklandinseln zurück.

Die beiden Leichten Kreuzer bekamen ebenfalls Treffer, weshalb sie schließlich das deutsche Schiff nur noch auf größere Entfernung im Auge behalten wollten.

Die ‚Admiral Graf Spee' war ebenfalls beschädigt, hatte auch etliche Verwundete, die der Kommandant Kapitän z.S. Langsdorff gerne in ein Krankenhaus zur Behandlung bringen lassen wollte. So lief man in Montevideo ein.

Die Verletzten wurden versorgt. Die Beschädigungen waren derart, dass trotz gewisser dort möglicher Reparaturen eine Rückfahrt nach Deutschland ausgeschlossen schien.

Daraufhin ließ der Kapitän das Panzerschiff vor dem Hafen von Montevideo durch Sprengung selbst versenken und brachte die Besatzung mit einem anderen Schiff nach Buenos Aires zur Internierung.

Dort nahm er sich in einem Hotel das Leben. Er ging davon aus, dass die Nazi-Marine-Leitung ihm nicht verzeihen würde, dass er mit dem Schiff nicht im Kampf „mit wehender Fahne" unterging und dabei noch etliche gegnerische Schiffe mit versenken konnte.

Als ich von diesen Ereignissen gehört hatte, rief ich meinen früheren Kommandanten der ‚Münster' an, um dies mit ihm zu besprechen.

Der sagte dazu nur, dass er sich seinerzeit in ähnlicher Situation gesehen hatte wie Kapitän Langsdorff. Da er – anders als Langsdorff, der die Sippenhaft gegenüber seiner Familie in Deutschland fürchtete – niemanden in Deutschland zurückließ, der gemaßregelt werden konnte, führte er sein Leben in Chile weiter. Eine solche Möglichkeit hatte Langsdorff offensichtlich nicht gehabt.

In dem Gespräch machte mich mein früherer Kommandant noch auf einen weiteren Punkt aufmerksam:

Er hielt es für typisch für die Ideologie der Nazi-Marine-Leitung, dass sie dem dritten Panzerschiff den Namen „Admiral Graf Spee" gegeben hatten und dass sie dieses Schiff gleich zum Kriegsbeginn in den Südatlantik schickten, in das Gebiet, in dem Graf Spee „mit wehender Fahne unterging". Entweder korrigierte das neue Schiff im Erfolgsfall die alte Geschichte oder sie belebte bei ihrem Untergang den Mythos des Heldentods.

Langsdorff spielte da nicht mit – sicher zum Bedauern seiner Vorgesetzten. Er rettete das Leben seiner Leute und gab dafür seins.

Ebenso typisch für diese Ideologie erklärte mein Ehemaliger die Namensgebung der sechs Leichten Kreuzer der Nazi-Marine. Sie hießen ‚Emden', ‚Nürnberg', ‚Leipzig', ‚Karlsruhe', ‚Königsberg' und ‚Köln'.

Das sollte offensichtlich der Glorifizierung der Selbstaufopferung dienen, Beispiele eines vernünftigeren Umgangs mit den Leben der Besatzungen sollten unberücksichtigt bleiben.

Die ersten fünf waren die im Kampf versenkten Kolonial-Kreuzer – man vermisst die ,Dresden', die sich kampflos in die Internierung begeben hatte und natürlich auch eine ,Münster'.

Der sechste neue Kreuzer, die ,Köln', hieß nach einem der drei Kreuzer, die Ende August 1914 bei Helgoland von britischen Schlachtkreuzern gestellt und versenkt wurden.

Diese ideologische Namensgebung begann bereits in den zwanziger Jahren, als die Nazis noch nicht an der Macht waren, aber mit ihrer Gesinnung die Marine-Leitung offensichtlich bereits im Griff hatten.

Später sind andere Panzerschiffe und Kreuzer länger im Atlantik und dem Indischen Ozean unterwegs gewesen, haben etliche Handelsschiffe aufgebracht und manches davon mit Prisenbesatzungen in französische Häfen gehen lassen. Im eigentlichen Atlantik waren auch deutsche Schlachtschiffe unterwegs.

Die Fahrt, auf der im Mai 1941 die ,Bismarck' versenkt wurde, sollte ursprünglich ebenfalls dem Handelskrieg dienen.

Daneben gab es eine große Zahl von Hilfskreuzern, einer von denen ist sogar über die Nord-Ost-Passage, also um Russland und um Sibirien herum, in den Pazifik gegangen.

Die meisten von ihnen wurden irgendwann gestellt und versenkt, als die alliierte Luftüberwachung solche Kriegsführung unmöglich zu machen begann.

Ende 1941 hatten die Alliierten aber wohl auch die deutsche Verschlüsselung ihrer Funksprüche „geknackt". Dadurch erfuhren sie die Treffpunkte der Hilfskreuzer mit ihren Versorgern oder mit irgendwelchen U-Booten, mit denen sie zusammenarbeiten wollten. Da tauchten dann britische Schwere Kreuzer auf, schossen auf große Entfernung – jedenfalls außerhalb der Torpedo-Reichweite – die deutschen Schiffe zusammen und versenkten sie.

Ich verfolgte die entsprechenden Berichte natürlich mit besonderem Interesse. Ich sah mich wieder zurückversetzt in meine Jahre aktiven Marine-Dienstes.

Wenn ich dann Nazi-Gräueltaten mitbekam, etwa die Ermordung norwegischer Walfänger in den Gewässern der Antarktis, dann wurde mir deutlich, wie die Nazi-Forderung nach dem „totalen Krieg", die Goebbels in Berlin aufstellte, den preußischen Militarismus ins Extreme übertrieb und pervertierte.

Aber wo waren da Bremsen in dem System, die derartiges hätten verhindern können?

Appelle an Anstand und Mitmenschlichkeit hatte es vielleicht früher gegeben, sie widersprachen aber der inneren Logik dieses Militarismus. Konnten das noch Argumente in der Nazi-Marine sein?

Wenn ich als „Fachmann" diese Handelskriegsführung beurteilen sollte, dann stellte ich fest, dass die Verantwortlichen aus den Erfahrungen des Ersten Weltkriegs gelernt und ihre logischen Schlüsse gezogen hatten:

Die eingesetzten Kreuzer verfügten über eine den begegnenden Briten durchaus ebenbürtige Artillerie, sowohl was die Reichweite als auch was die Wirksamkeit betraf.

Die „Kohle-Probleme" früherer Zeiten gab es nicht mehr. Man fuhr mit Öl zum Heizen der Turbinen oder mit Dieselöl für die Motoren, das mit Schläuchen viel einfacher und angenehmer umzupumpen war als der Betrieb mit den Kohlenkörben.

Es wurden von Anfang an kleine oder mittelgroße Hilfskreuzer eingesetzt, die keine ernsthaften Maschinenprobleme hatten und über lange Monate alle möglichen Meere unsicher machten.

Einer dieser Schiffe, die ‚Kormoran', versenkte bei einem Aufeinandertreffen einen australischen Kreuzer (er hieß wieder ‚Sydney', war ein Leichter Kreuzer von 1935) mit seiner Artillerie. Da der Hilfskreuzer dabei selber durch unglückliche Treffer in Brand geraten war und die Minenvorräte explodierten, musste die überlebende Besatzung auf ein Begleitschiff umsteigen.

Die ‚Sydney' geriet nach heftigen Treffern brennend außer Sicht, von den etwa 550 Mann ihrer Besatzung hat man nach diesem Gefecht nichts mehr gehört. Auf der ‚Kormoran' gab es 80 Tote.

Auch die lange Einsatzfahrt der ‚Admiral Scheer' 1940/41 zeigte, dass Kriegsschiffe nicht nur die Blockade in beide Richtungen durchbrachen, sondern sich auch über Monate unerkannt auf den Ozeanen bewegen konnten – das Schicksal der ‚Graf Spee' im Herbst 1939 war für die Briten offensichtlich ziemlich glücklich gelaufen. Wenn das Nazi-Schiff Glück hatte, konnte das alles auch anders ausgehen.

Ähnlich glücklich lief für die Briten die Versenkung der ‚Bismarck‘ im Mai 1941. Ihre Luftüberwachung konnte natürlich verhindern, dass solch ein deutsches Schlachtschiff unerkannt über britische Geleitzüge hätte herfallen können.

Die Nazi-Pläne standen von vornherein auf sehr schwachen Füßen.

Aber dass das Schiff nicht einmal mehr einen französischen Hafen erreichen konnte, weil ein sehr glücklicher Torpedotreffer eines der angreifenden Flugzeuge des Flugzeugträgers ‚Ark Royal‘ die Ruderanlage so verklemmte, dass das Schiff nur noch im Kreis fahren konnte und so eben nicht mehr von der Stelle kam, war für die Besatzung bitter und für die Nazi-Marine ein heftiger Schlag.

Dass die ‚Bismarck‘ vorher gemeinsam mit der ‚Prinz Eugen‘ den über 20 Jahre alten britischen Schlachtkreuzer ‚Hood‘ versenken konnte, hat die bittere Pille für die deutsche Admiralität etwas versüßt, aber die Überlegenheit der Alliierten mit ihren Flugzeugen und Schiffen war danach von niemandem mehr in Zweifel zu ziehen.

Ich fragte mich nach dem Studium ausführlicher Berichte, ob nicht auch bei diesem Unternehmen wieder sehr vieles sehr unüberlegt vorgenommen und offensichtlich falsch entschieden wurde.

Warum haben die beiden deutschen Schiffe nach der Versenkung der ‚Hood‘ das zweite bereits erheblich beschädigte britische Schlachtschiff, die ‚Prince of Wales‘, nicht weiter verfolgt und zu versenken versucht?

Warum sind sie nicht in jedem Fall aber danach umgekehrt?

Ein überraschender Durchbruch in den Atlantik und ein Überfall auf Geleitzüge waren doch sowieso nicht mehr vorstellbar. Die Gegenseite war gewarnt und würde sich vorsehen.

Außerdem hatte die ‚Bismarck‘ ebenfalls Treffer erhalten, ein Öltank war beschädigt. Dadurch war ihre Reichweite, das heißt ihre Aktionsfreiheit, deutlich eingeschränkt. Es fehlte also eine sehr wesentliche Voraussetzung, um unerkannt in den Weiten der Ozeane zu verschwinden.

Hätte man die ‚Prince of Wales‘ versenken können und wäre danach nach Deutschland zurückgekehrt, hätte man zumindest einen großen Erfolg gefeiert.

Die fast 2000 Männer der Besatzung der ‚Bismarck‘, die so zu Tode kamen, wären zunächst einmal am Leben geblieben.

Wenn man aber an der Planung eines Durchbruchs in den Atlantik meinte festhalten zu sollen, dann wäre es doch sicher sinnvoller gewesen, die beiden Schiffe bei einander zu behalten. Stattdessen fuhr man komplizierte Manöver, um der ‚Prinz Eugen‘ die Möglichkeit zu geben, unbemerkt alleine im Atlantik zu verschwinden.

Diese Trennung der ‚Prinz Eugen‘ von der ‚Bismarck‘ halte ich für eine weitere Fehlentscheidung.

Bei Fliegerangriffen haben zwei Schiffe im Vergleich zu einem einzelnen Schiff doppelt so gute Abwehrmöglichkeiten. Selbst wenn dann trotzdem solch ein Flugzeugtorpedo der ‚Bismarck' die Manövrierfähigkeit genommen hätte, hätte das zweite Schiff per Schleppseil ein Kurshalten unterstützen können.

Hätte auch das nicht geholfen, hätte man zumindest einen großen Teil der Besatzung mit der ‚Prinz Eugen' übernehmen und so retten können.

Ich bedachte diese Ereignisse mit gegensätzlichen Gefühlen. Einerseits gönnte ich den Alliierten jeden Erfolg und den Nazis jede Niederlage.

Andrerseits litt ich unter dem, was ich bereits zu meiner Marine-Zeit als Dilettantismus und Überheblichkeit erlebt hatte und was ich hier nun entsprechend wieder meinte feststellen zu müssen.

Waren das die für alles Militär in allen Ländern zu allen Zeiten üblichen Dummheiten, Borniertheiten und Sinnlosigkeiten? Das, was alle Militärs kennen und was von vielen Soldaten immer wieder kritisch angesprochen wird?

Oder muss man hier von verblendeter Überheblichkeit, gedankenloser Arroganz und besonderer Verbohrtheit ausgehen?

Ich erlebte den preußisch-deutschen Militarismus im augenscheinlichen Widerspruch zwischen der eigenen Hochschätzung, die immer eigene Höchstleistungen voraussetzt, und einer lausigen Realität, die die Betroffenen immer tiefer in die Niederlage stolpern ließ.

Die größte Einzelaktion der Marine war die schon oben angesprochene Besetzung von Dänemark und Norwegen im April 1940.

Daran beteiligten sich alle damals einsatzfähigen Einheiten der Nazi-Marine.

Die Aktion gilt allgemein als gelungen, als Erfolg.

Ich verfolgte die mir zugänglichen Berichte und habe davon dann doch eine kritischere Sicht.

Dass in Narvik zehn Zerstörer blieben, also knapp die Hälfte des ganzen damaligen Bestandes, war ein sehr hoher Preis.

Vor Oslo versenkten die Norweger die nagelneue ‚Blücher‘, die in einer engen Passage des Fjords den beiden Torpedos nicht ausweichen konnte, die man auf sie schoss.

Der Leichte Kreuzer ‚Königsberg‘ wurde im Hafen von Bergen durch britische Flugzeuge versenkt.

Das Schwesterschiff ‚Karlsruhe‘ ging bei Kristiansand unter, als sie ein Torpedo des britischen U-Boots „Truant" traf.

Bei diesen Schiffsverlusten kamen über tausend Mann zu Tode, etwa 300 mit den Zerstörern in Narvik, zwischen 800 und 1000 beim Untergang der ‚Blücher‘- an Bord waren neben der Besatzung Landungstruppen, genaue Zahlen wurden nicht gemeldet.

Da die beiden Leichten Kreuzer langsam sanken, konnte der allergrößte Teil der Besatzungen jeweils gerettet werden.

Wenn man eine Bilanz zieht, verlor die Nazi-Marine im April 1940 45 % ihrer aktiven Zerstörer, 33 % ihrer Leichten Kreuzer und 50 % der Schweren Kreuzer – die Panzerschiffe und Schlachtschiffe erlitten zum Teil heftige Beschädigungen. Insgesamt ein sehr hoher Preis.

Da in den Wochen nach der Aktion auch fast alle anderen deutschen Einheiten durch Artillerie, Torpedos oder Fliegerbomben in den norwegischen und dänischen Gewässern beschädigt wurden, war die deutsche Überwasser-Flotte in ihrer Summe bis zum Ende des Jahres 1940 praktisch nicht mehr einsatzfähig – die Engländer, die im Herbst mit einer Invasion rechneten, werden darüber sehr froh gewesen sein.

Die Schiffe, die dann wieder die Reparatur-Werften verließen, setzte man nach und nach im Atlantik ein, so die Schlachtschiffe ‚Scharnhorst‘ und ‚Gneisenau‘, später dann die ‚Bismarck‘ zusammen mit dem schweren Kreuzer ‚Prinz Eugen‘. Die ‚Tirpitz‘ sollte nach ihrer Fertigstellung ebenfalls folgen.

Nach der Versenkung der ‚Bismarck‘, die ganz wesentlich als Erfolg der britischen Marine-Luftwaffe anzusehen ist, schienen weitere Aktivitäten größerer Einheiten im Atlantik chancenlos zu sein und man ließ die beiden älteren Schlachtschiffe und den Schweren Kreuzer durch den Kanal in die Nordsee zurückfahren. Die ‚Gneisenau‘ wurde dabei so stark beschädigt, dass man sie nicht mehr reparierte.

Die ‚Scharnhorst‘ und die ‚Tirpitz‘ sanken im Eismeer und im norwegischen Fjord – die alliierte Überlegenheit auf allen Gebieten machte sich immer deutlicher bemerkbar.

Für mich schien der Krieg bereits im Herbst 1939 verloren, da ich die wirtschaftlichen Voraussetzungen der Alliierten richtig einschätzen konnte.

Dass der Vertrag zwischen Hitler und Stalin im August 1939 nur ein Stillhalte-Abkommen auf Zeit sein konnte, da es wegen der grundsätzlichen ideologischen Gegensätze keinerlei Gemeinsamkeiten, nicht einmal partiell gemeinsame Interessen zu erkennen gab, erschien mir logisch zu sein und nur allzu deutlich auf der Hand zu liegen.

Hitler wollte sich so anfangs einen Zwei-Fronten-Krieg ersparen, schätzte aber den Kampfeswillen der Briten falsch ein. Die waren nicht zu Friedensverhandlungen bereit, auch wenn sie nach den Niederlagen des Jahres 1940 vorübergehend nur außerhalb Europas Kämpfe mit Bodentruppen führen konnten.

Ihre Marine und Luftwaffe tat indessen zu allen Zeiten, was sie konnten. Sie hielten die Nazi-Marine und die Luftwaffe in Schach.

Nachdem Hitler die Sowjetunion überfiel, rangen sowjetische Panzer und deren Artillerie die Nazitruppen vor Moskau, bei Stalingrad und im Kursker Bogen nieder.

Als die USA im Dezember 1941 offen hinzutraten, wurden diese Prozesse Nazi-deutscher Niederlagen noch deutlich beschleunigt.

Wenn irgendein verantwortlicher Nazi-Politiker noch Reste von Gewissen gehabt hätte, hätte man spätestens nach Stalingrad im Januar oder Februar 1943 die Niederlage eingestehen, um Waffenstillstand bitten und zu irgendwelchen Friedensverhandlungen kommen müssen.

„Unconditional surrender", „Bedingungslose Unterwerfung", verlangten die Alliierten. Je früher man sich darauf eingelassen hätte, desto geringer wären die Verluste gewesen, die gerade in den letzten Jahren vor allem auf deutscher Seite zu beklagen waren.

Mir ging es hier wie bereits früher:

Meine Vernunft legte mir Vorschläge nahe, die den verantwortlichen Politikern der damaligen Zeiten fremd blieben.

Die rannten lieber weiter in ihr Unglück.

Hitler und seine Paladine folgten anderen Regeln als denen der Vernunft.

# 19

Wie war es in der Nazi-Zeit meiner Stettiner Familie ergangen? Meiner Mutter, der Schwester und dem Schwager, deinen Großeltern, lieber Stefan?

Die Mutter hatte sich zu ihrer Kirchengemeinde gehalten. Während ihre Schwester, die Tante Else, in Berlin ziemlich offen die BK, die Bekennenden Kirche, unterstützte, schien das der Mutter in Stettin nicht so einfach zu sein. Tante Else kannte auch in Berlin eine große Zahl von Gemeinden und Pfarrer, die dafür bekannt waren, zu Hitler und zur DC, zu den Deutschen Christen, zu stehen. Aber da brauchte man ja nicht zum Gottesdienst zu gehen. In Berlin hielt man sich unabhängig vom Wohnort dort zur Gemeinde, wo man sich wohl fühlte, wo man dem Pfarrer traute, ihm zutraute, biblisch, evangelisch zu glauben, zu denken und zu predigen.

In Stettin war das nicht so einfach. Man war viel weniger anonym als in einer Großstadt und kam so schneller ins Gerede. So blieb die Mutter sehr vorsichtig. Es gab Pfarrer, die die Auflagen der Nazis befolgten, Fahnen heraushängen ließen, die Glocken läuteten, wenn dies gefordert wurde, und die in ihren Predigten allenfalls kritischen Untertöne anklingen ließen.

Die Fürbittlisten der BK wurden nur heimlich weitergegeben und nur in privaten Gebeten benutzt. Strittigen Fragen wich man lieber aus. Der „Arierparagraph" wurde nicht diskutiert. Über KZs sprach niemand.

Wenn man davon gehört hatte, dass jemand dort gewesen war, vermied man, mit ihm darüber zu reden oder mied überhaupt jedes weitere Gespräch.

Während es in Berlin durchaus Kreise gab, in denen man noch mit „Guten Tag" grüßen konnte, gab es im „Reich", also auch in Stettin, allgemein keinen anderen Gruß als „Heil Hitler".

Während man in Berlin unter sich auch darüber sprach, was den abgeholten und in den Osten verbrachten Juden wohl für ein Schicksal bevorstand, verdrängte man im „Reich", also auch in Stettin, weitgehend derartige Überlegungen.

Ähnliches galt für das Euthanasie-Programm.

Die Nazis hielten Behinderte oder unheilbar Kranke für überflüssige Esser, die im Interesse der „Volksgesundheit" auszumerzen seien.

Wer Verwandte damals in ein Heim gab, wunderte sich, wenn er bald darauf einen Brief bekam, dass eine solche Person einer Herzkrankheit oder einem Lungenleiden erlegen sei.

Naive Menschen sagten sich dann: „Das verstehe ich eigentlich nicht, dem Mann, der Frau, ging es doch bisher gut. Was ist denn da geschehen?"

So naiv war die Mutter nun nicht. Es gab auch niemanden in der Verwandtschaft, den man hätte in ein Heim geben sollen.

Aber sie blieb vorsichtig.

Ihr Schwiegersohn, mein Schwager, dein Großvater, lieber Stefan, wurde immer wieder mal gedrängt, doch in die Partei, in die NSDAP, einzutreten. Er war nicht mehr der Jüngste, Jahrgang 1888, zu Kriegsbeginn über 50 Jahre alt. Von daher brauchte er sich nicht besonders zu sorgen, noch eingezogen zu werden.

Er war im Ersten Weltkrieg Soldat gewesen. Da er auch da schon zu den Älteren gehört hatte, setzte man ihn in der Heeresverwaltung ein – er hatte nie das Bedürfnis gehabt oder gezeigt, sich freiwillig zum Frontdienst zu melden.

Er konnte schreiben und verwalten, besser als schießen und marschieren. So sah er zu, dass man ihn dies tun ließ, was er am besten konnte. Er hatte das Glück, dass ihm das gelang.

Als nun der Zweite Weltkrieg immer mehr Männer in die Einberufung zwang, half ihm sein Arzt, der ein Herzleiden diagnostizierte.

So konnte er bis ins Frühjahr 1945 an seiner Schule als Lehrer unterrichten. Seine Fächer waren Mathematik und Physik. Da waren politische Themen leicht zu meiden.

Stettin bekam gegen Kriegsende sehr heftige Fliegerangriffe ab, die über die Hälfte der Stadt in Trümmer legten.

Meine Mutter und Schwester wohnten auf dem Westufer der Oder, ihr Haus blieb dabei verschont.

Am 26.April 1945 besetzten Truppen der Sowjet-Armee Stettin.

Der größte Teil der Stadt liegt auf dem Ostufer. Der kam gleich unter polnische Verwaltung, die die deutschen Bewohner vertreiben ließ.

Im Westteil Stettins baute man erst noch eine deutsche Verwaltung auf. Dann aber interpretierte man den Begriff der „Oder-Neiße-Grenze" anders, so dass ganz Stettin polnisch wurde.

Nun machte sich auch meine Mutter mit ihren Angehörigen auf den Weg der Vertreibung.

Man forderte sie auf, die paar Kilometer bis zur neuen deutschen Grenze zu laufen. Mitnehmen durften sie, was sie tragen konnten.

In der „Sowjetischen Besatzungszone" legte man auf sie wenig Wert, sie wollten auch lieber weiter in die „Britische Zone". So kamen sie nach einigem Hin und Her nach Niedersachsen, wo man meinen Schwager als Lehrer in Hannover bald wieder unterrichten ließ.

Weil der nicht Mitglied der NSDAP war, sprach nichts dagegen.

Zwei Jahre später starb meine Mutter, kurz nachdem ihre Schwester, die Tante Else, auf ihrem Weg nach Chile sich in Hannover von ihr und ihrer Familie verabschiedet hatte.

Der Kontakt zu deiner Familie, der meiner Schwester, deiner Großmutter, ließ nach. Wir beschränkten uns irgendwann auf Grüße, Glückwünsche zum Jahreswechsel und zu den Geburtstagen.

# 20

Lieber Stefan, ich will jetzt hier noch einmal auf unsere Gespräche über meine Vergangenheit als Marine-Offizier zurückkommen.

Als wir ein erstes Mal darüber sprachen und ich meine Kritik an den Einsätzen im Ersten Weltkrieg und den entsprechenden Vorbedingungen angedeutet hatte, hast du meine Worte pauschal zurückgewiesen:

„Du bist doch seit Jahrzehnten Chilene. Was kümmerst du dich um Deutschland und seine Geschichte? Wenn du kritisieren willst, dann kritisier doch die chilenische Marine!"

Ich habe dir da nicht ins Gesicht widersprochen. Mir war gleich klar, dass man darauf nicht mit einem Satz antworten kann. Je länger ich das bedachte, desto klarer wurde mir, dass ich hierauf – wenn überhaupt - nur sehr ausführlich reagieren würde.

Dies Gespräch war ein Anfang, zu sehr von Missverständnissen geprägt, später lief das besser.

Aber so trug es mit dazu bei, dass ich beschloss, auf deine Worte aktiv einzugehen, letztlich, dass ich jetzt meine Erinnerungen aufschreibe.

Wenn du, Stefan, dies liest, hast du eine Antwort auf deine Frage, zugleich eine Stellungnahme und Begründung für meine politische Einstellung.

Aber natürlich hast du Recht, dass eine Marine-Kritik, die sich mit den beiden deutschen Marinen der Weltkriege beschäftigt, weiterblicken muss. Hier hilft sicher der Vergleich mit anderen Marinen, etwa mit der in Chile. Besser dürfte es sein, die südamerikanischen Verhältnisse genauer zu betrachten.

Meine Meinung dazu will ich dir nicht vorenthalten:

Um die chilenische Marine verstehen zu können, muss man auf die Geschichte des Landes eingehen.

Chile wurde in den Kämpfen mit der Kolonialmacht Spanien in Folge der napoleonischen Kriege Anfang des 19. Jahrhunderts unabhängig.

Der erste Präsident war O'Higgins, nachdem man später einen Panzerkreuzer nannte.

Im 19. Jahrhundert gab es mehrere Kriege mit Peru und Bolivien, die Chile gewann. Dabei nahm man Bolivien den Zugang zum Meer, und auch Peru verlor einen Teil seiner Küste.

Die Kämpfe fanden großen Teils zur See statt. Man eroberte oder besetzte Häfen und Küstenstädte. Die chilenische Marine wurde dabei von Briten organisiert und unterstützt, so dass man bis ins 20. Jahrhundert hinein britische Schiffe kaufte oder in England für eigene Zwecke bauen ließ. Zugleich hatte die Marine für Chile von daher eine besondere Bedeutung.

In den Kämpfen des 19. Jahrhunderts zeichnete sich ein Admiral Latorre aus, nach dem später das große Schlachtschiff benannt wurde.

Um die Jahrhundertwende vom 19. zum 20. Jahrhundert entwickelte sich ein Wettrüsten unter den „ABC-Staaten" in Südamerika, also zwischen Argentinien, Brasilien und Chile. Dabei kam es zwischen Chile und Argentinien fast zum Krieg - man einigte sich 1902 friedlich auf eine Grenzregelung im Süden, für Patagonien und Feuerland.

Um Druck ausüben zu können und um solchem Druck gegenüber bestehen zu können, ließ Brasilien ab 1906 in England zwei ‚Dreadnoughts' bauen, die ‚Minas Gerais' und die ‚Sao Paulo'. Beide kamen 1910 in Dienst.

In dem Jahr bestellte Brasilien in England ein drittes Schiff, die ‚Rio de Janeiro'. Es sollte größer und besser bewaffnet sein, genügte aber bald den Ansprüchen bereits nicht mehr. So verkaufte man es halbfertig im Januar 1914 an die Türkei. Am 2.August 1914, einen Tag vor Kriegseintritt (!) beschlagnahmte die britische Regierung das im Wesentlichen fertige Schiff und stellte es für die eigene Flotte als ‚Agincourt' in Dienst.

Brasilien hatte inzwischen ein größeres und stärkeres Schiff in Planung, verzichtete aber später aus finanziellen Gründen auf den Bau.

Diese brasilianischen Aktivitäten ließen natürlich Argentinien nicht ruhen. Dort wollte man auch ‚Dreadnoughts' haben. Man holte Angebote aus England, Deutschland und den USA ein – und vergab den Auftrag 1908 an die USA. Die Schiffe ‚Rivadavia' und ‚Moreno' wurden 1914 in Dienst genommen.

Chile sah sich genötigt, in diesem Spiel mitzuhalten. Man hatte bereits 1897 den Panzerkreuzer ‚O'Higgins' gekauft. Das war ein Spekulationsbau der englischen Armstrong-Werft, 1896 begonnen, seinerzeit das Modernste, das die englische Werft den Marinen der Welt anbieten konnte.

Entsprechend ging man die Planung der ‚Dreadnoughts' an: Chile wollte im Vergleich zu seinen südamerikanischen Konkurrenten eine Spitzenposition einnehmen. So beauftragte man im Jahre 1911 Armstrong mit dem Bau zweier solcher Schiffe, der ‚Almirante Latorre' und der ‚Almirante Cochrane'. Das erste der beiden wurde im Herbst 1914 in weit fortgeschrittenem Bauzustand von Großbritannien übernommen und im Jahre 1915 unter dem Namen ‚Canada' aktiviert und der britischen Schlachtflotte zugeteilt. Das nahm so als eines der stärksten Schiffe der damaligen Zeit an der Skagerrak-Schlacht teil.

Nach dem Krieg konnte Chile das Schiff gemäß der ursprünglichen Planung von der britischen Marine übernehmen.

Das Schwesterschiff blieb während des Krieges halbfertig. Chile hatte daran dann kein Interesse mehr. Großbritannien baute den Rumpf für die eigene Marine zu einem Flugzeugträger um, der unter dem Namen ‚Eagle' in den zwanziger Jahren in Dienst gestellt und im Zweiten Weltkrieg von dem deutschen U-Boot ‚U 73' vor Algier versenkt wurde.

Die chilenische Marine wurde Anfang der dreißiger Jahre in einen militärischen Umsturz verwickelt, bei dem das Schlachtschiff einen Fliegerangriff abzuwehren hatte. Andere ernsthafte militärische Aktionen wurden nicht bekannt.

Die ‚Almirante Latorre' blieb bis 1958 Bestandteil der chilenischen Flotte. In den fünfziger Jahren verschrotteten auch die beiden anderen Staaten ihre Dreadnoughts. Brasilien und Argentinien kauften je einen kleinen britischen Flugzeugträger. Sonst hielt man nur noch Kreuzer und Zerstörer in Dienst, meist entsprechende Schiffe, die man von den USA oder Großbritannien als Relikte des Zweiten Weltkriegs einigermaßen günstig übernehmen konnte.

Wenn ich die Marine-Politik Chiles für unser Jahrhundert beurteilen will, kann ich feststellen, dass deren Marine zu keiner Zeit gegen äußere Feinde eingesetzt worden war. Im ersten Weltkrieg blieb Chile neutral, im Zweiten Weltkrieg trat Chile 1944 den Alliierten bei, ohne größere Aktivitäten zu ergreifen.

Die Dreadnought-Rüstung aller drei ABC-Staaten war wohl überflüssig. Für hoheitliche oder Polizei-Aufgaben hätten deutlich kleinere Schiffe ausgereicht, vielleicht Zerstörer oder Fregatten, wenn man sich nicht mit Patrouillen-Booten begnügen wollte.

Alles andere sehe ich nur als Ausdruck von Renommieren und Imponiergehabe. Man könnte es auch als Großmacht-Sucht bewerten.

Mir war aber auch klar, dass eine Rüstungsbeschränkung nur schwer einseitig hätte vorgenommen werden können.

Wenn ein Staat entsprechende Aufrüstungs-Schritte unternimmt, haben es die vernünftigen Menschen nicht leicht, Zurückhaltung durchzusetzen – es gab in Südamerika in den letzten zweihundert Jahren auch immer wieder militärische Auseinandersetzungen, zumindest aber entsprechende Drohungen.

Wer da in Rüstungsfragen von Unvernunft spricht, muss es sich schnell gefallen lassen, von anderen für naiv gehalten zu werden.

Was kann man daraus für Schlüsse ziehen, wenn man die südamerikanischen Marine-Entscheidungen mit entsprechenden Rüstungsschritten deutscher Kriegsvorbereitungen vergleicht?

Die Situationen unterscheiden sich deutlich. Gibt es dennoch Gemeinsamkeiten? Die wirtschaftlich schwächeren ABC-Staaten hätten eher Gemeinsamkeiten mit kleineren europäischen Staaten, vielleicht mit den Benelux-Ländern oder mit den skandinavischen Staaten.

Ohne ein „Am deutschen Wesen muss die Welt genesen", also mit größerer deutscher Selbst-Bescheidung wären die letzten 100 Jahre deutscher Geschichte friedlicher und wohl auch für alle Menschen glücklicher verlaufen – dann wäre sie wohl auch der der ABC-Staaten ähnlicher. Dann hätte man die jeweilige Marine-Politik leichter vergleichen können, weil sie ähnlicher verlaufen wäre.

Was kann man da aus der Geschichte lernen?

Mir ist klar, dass es da mit Menschen wie dir, lieber Stefan, einiges zu diskutieren gibt.

# 21

Nach über vierzig Jahren gelang es mir im Jahre 1960, meinen Wunsch zu verwirklichen, mich noch einmal nach Europa, nach Deutschland auf den Weg zu machen.

Meine Frau war 1954 an einer schweren Krankheit verstorben. Die beiden Kinder leben mit ihren Familien – ich habe immer wieder Gelegenheit gefunden, mich um meine Enkel zu kümmern, die wie du, Stefan, im Teenager-Alter stehen.

Sie sprechen Spanisch, vom Deutschen verstehen sie wie ihre Eltern nur wenige Worte.

Ihre Welt ist Chile, die politischen und sozialen Probleme des Landes, ihre Schule und Ausbildung, ihre Freundschaften und die weitere chilenische Verwandtschaft.

Das war seit Jahrzehnten auch meine Welt, aber nachdem ich mich aus der Firma und dem Beruf zurückgezogen habe, begann ich mich für die Welt davor, also für Deutschland, wieder erneut zu interessieren. Solange ich mich um meine Frau und ihre Krankheit gekümmert habe, füllte mich das aus. Nach ihrem Tode fand ich mehr Zeit, mich mit mir und meinem Leben zu beschäftigen.

Ich sehe mich selber als einen Menschen mit doppelter Identität, zugleich Chilene und ebenso Deutscher.

So machte ich mich im Jahre 1960, im Alter von 69 Jahren, auf die große Reise.

Die Ärzte hatten gewarnt, aber ich fühlte mich einigermaßen gesund. Sollte sich das absehbar ändern, dann wäre ich froh, dieses Unternehmen noch gemacht zu haben, von dem ich immer wieder geträumt habe, das aber - aus welchen Gründen auch immer – so oft nicht zustande gekommen war.

Schon die ersten Gespräche in Deutschland zeigten, wie weit wir uns auseinander gelebt hatten. Die Silbersteins hatten Grüße bestellt, die ich ausrichtete. Da musste ich euch, den Neffen und Nichten und deren Kindern, erst erklären, wer die Silbersteins sind und wie und warum die nach Chile gezogen waren.

Das hat mich befremdet. Ebenso die weiteren Erfahrungen:

Ich fragte, wie weit die Nazi-Zeit noch zu spüren sei.

„Das Dritte Reich ist ja nun vorbei, daran wollen wir uns nicht mehr erinnern.

Das mit den Juden war natürlich nicht richtig.

Aber sonst hat man da doch auch gut leben können.

Immerhin hat Hitler die Autobahnen gebaut.

Die Arbeitslosigkeit der Zeit davor war auch wirklich schrecklich."

So oder so ähnlich hörte ich es öfter von der Generation meiner Neffen. Die meisten Männer hatten im Krieg Soldat sein müssen. Über die Einzelheiten dieser Zeit sprachen sie nicht gerne. Andrerseits wurde am Rande der Gespräche deutlich, dass das ihre große Zeit gewesen war.

Wie weit sie sich da bei den Nazis engagiert hatten, zumindest in der HJ, der Hitlerjugend, irgendwelche Funktionen gehabt hatten oder ob sie nur gezwungenermaßen als junge Männer mitmachen mussten – das war die Zeit ihrer Jugend gewesen, so oder so ihre besten Jahre.

Man blickte da oft auf Schweres zurück, auf Krieg, Bomben, Verwundungen oder Verletzungen mancher Art, Krankheiten, Flucht oder Vertreibungen, Ruinen, Arbeitslosigkeit und Phasen großer Ungewissheit über die jeweilige Zukunft. Aber es waren eben doch die Jahre der eigenen Jugend, die Zeit der ersten Liebe und Familiengründung, die Zeit, in der man wieder Boden unter die Füße bekam, in der man seinen Platz im Leben fand – so oder so. Da kann man klagen, da kann man sich über manches beschweren. Aber irgendwie hat man seinen Weg ins Leben gefunden und will sich das auch nicht von außen in Frage stellen lassen.

Ich hörte mir da verschiedenes an, war sehr vorsichtig mit bewertenden Äußerungen, dachte mir meinen Teil – und erlebte dann aber auch, wie meine kritische Art verstanden wurde, ohne dass ich viel zu sagen brauchte.

„Sicher ist hier noch viel von früher. Die Menschen, die vor 45 da waren, können sich doch nicht einfach auflösen. Wenn der Adenauer die in seiner Regierung brauchte oder auch noch braucht, dann nimmt er die eben, auch wenn die vorher schon bei Hitler dabei waren.

Wenn man das hier mit der Ostzone vergleicht, da sieht man doch, wo und wie es besser geht. Warum kommen denn so viele von da hierher zu uns? Da möchte doch niemand leben."

Das „Wirtschaftswunder" der fünfziger Jahre hatte die Westdeutschen stolz gemacht.

Ich ließ sie reden, verzichtete auf detaillierte Nachfragen und sprach lieber mit der nächsten Generation.

Dich etwa, Stefan, meinen Großneffen, fragte ich nach deiner Schule:

„Was habt ihr für Lehrer? Wie stehen die politisch? Was lernt ihr bei denen?"

Du erzähltest von jüngeren Lehrern, die von demokratischen Strukturen sprachen und die auch den Frontalunterricht zu vermeiden suchten. Sie waren an Gesprächen und Diskussionen interessiert.

Aber es gab auch andere. Du erzähltest von einem Geografie-Lehrer, der in der sechsten Klasse ganz Deutschland besprechen sollte. Der Mann stammt offensichtlich aus Ostpreußen, war „Heimatvertriebener", und so beschäftigte er die Klasse das ganze Jahr über nur mit Ostpreußen (!). Die Gesinnung, die er dabei vermitteln wollte, war entsprechend.

Du erzähltest auch von anderen Lehrern. Die allgemein herrschende CDU-Auffassung, „lieber ein halbes Deutschland ganz als ein ganzes Deutschland halb", wurde nicht von allen geteilt. Diese Lehrer äußerten sich nicht sehr offen, aber wer Ohren hatte zu hören, konnte verstehen, dass die lieber eine Lösung für Deutschland gewünscht hätten, wie Österreich sie bekam: Ein ungeteiltes, neutrales Land.

Ich erlebte Deutschland im „Kalten Krieg". Der Anti-Kommunismus ist Staatsdoktrin. Es gibt wieder eine Bundeswehr, die vorerst mit amerikanischen Panzern und Schiffen ausgerüstet ist, aber auch schon wieder U-Boote im Bau und in Betrieb hat.

Du, Stefan, erzähltest, dass bei Deutsch-Aufsätzen gelegentlich neben anderem auch solche politischen Themen gesetzt werden. Dich interessiert die Politik, aber du weißt nicht, wie offen du da auch mögliche kritische Positionen zum Ausdruck bringen dürftest. Es hieß zwar, dass dabei nur der Stil und die Darlegung benotet werden würde, nicht die Inhalte, aber wer weiß schon, was dann da wirklich zählen wird.

Die KPD ist bei euch im Lande verboten. Wer sich bei der Anti-Atom-Bewegung engagiert, erregt Anstoß. Ähnlich geht es mit den Ostermärschen gegen die Atom-Gefahr.

Gerade junge Leute verstehen es nicht, dass das Gebiet der Bundesrepublik mit Atom-Minen „gesichert" werden soll. Es gibt Atom-Raketen, auch die Bundeswehr hat angeblich Flugzeuge, „Starfighter", die amerikanische Atomwaffen abwerfen können.

Du sagtest, dass du selber nicht wüsstest, ob du dich zur Bundeswehr einziehen lassen solltest oder lieber einen Antrag auf Kriegsdienstverweigerung stellen würdest. Da kämest du nur mit einer strikt pazifistischen Begründung durch. Jede politische Argumentation, also etwa ein Hinweis auf die militaristischen Menschenrechtsverstöße beim früheren preußisch-deutschen Militär würden zurückgewiesen und verhinderten eine Anerkennung als Kriegsdienstverweigerer im Sinne des entsprechenden Gesetzes.

Ähnlich behandelte man nach deinen Informationen alle Hinweise auf mögliche militärische Aggressionen von NATO-Armeen – die USA sind als Hauptmacht der NATO in vielen Teilen der Welt militärisch aktiv.

Ich will hier deutlich machen, dass ich deine Sorgen und Bedenken gut verstehe.

# 22

Nachdem bei dir, Stefan, das erste Misstrauen verflogen war, kamen wir auch auf meine Marine-Erlebnisse zu sprechen.

Ich begann, von der ‚Münster', den deutschen Kolonien im Pazifik und den Monaten der Jahre 1914 und 1915 zu erzählen.

Immer wieder unterbrachst du mich, stelltest Fragen zu vielen Details und wolltest dich mit irgendwelchen summarischen Beschreibungen nicht zufrieden geben.

Wir verblieben schließlich mit meiner Feststellung:

„Ich kann dir nur aufschreiben, was ich erlebt habe oder was ich bei meinen Recherchen herausgefunden habe. Was wir dort in Chile erfahren haben, kann stimmen, wird aber natürlich oft unvollständig sein.

Was ich dir aber in diesem Zusammenhang versprechen kann, das ist meine subjektive Darstellung der Dinge."

Wenig später brachtest du, Stefan, mir ein Zitat aus dem Testament Friedrich II. von Preußen, der auch „der Große" genannt wird.

Da schrieb der:

„Ich glaube nicht, dass Preußen sich zur Bildung einer Kriegsmarine entschließen darf. Mehrere Staaten Europas, England, Frankreich, Spanien, Dänemark, Russland haben große Flotten. Da wir ihnen nie gleichkommen können, wäre die Ausgabe unnütz. Zudem müssten wir der Kosten wegen Landtruppen entlassen.

Und außerdem führen Seeschlachten nur selten eine Entscheidung herbei."

Ich kannte solche Äußerung des Preußen-Königs und konnte ergänzen:

„An anderer Stelle warnt Friedrich besonders vor den Kosten von großen Linienschiffen. Gegen irgendwelche kleineren Kanonenboote zum Küstenschutz hatte er wohl weniger einzuwenden."

Mit diesen wegweisenden Worten einer von allen Militaristen anerkannten Autorität will ich meine Erinnerungen abschließen.

Ich sehe den Umgang mit diesem preußischen König ähnlich dem mit Clausewitz:

Hätte man mehr auf sie gehört und sich weniger hinter ihnen versteckt, wäre in den letzten hundert Jahren in Deutschland manches anders verlaufen.

Man kann nur immer wieder betonen: „Lernt aus der Geschichte!"

Hier hast du nun die von mir öfter versprochenen Erinnerungen vor dir zu liegen.

Nutze es, wie es dir sinnvoll erscheint.

Dein Großonkel Gerhard Hartmann.

# 23

Soweit das Manuskript von einem kaiserlichen Marine-Offizier.

Um die Wirkung dieses Textes deutlich zu machen, möchte ich noch Einiges aus dem Leben seines Großneffen Stefan erzählen. Für mich wird Stefan in dem, was ihm im Leben wichtig war, durch die Lektüre dieser Erinnerungen plausibler. Ähnlich sieht das wohl auch Karin, seine Frau und Witwe.

Ich verstehe die Gründe für Stefans Verhalten in all den zurückliegenden Jahrzehnten.

Wir waren als Studenten gemeinsam auf etlichen Vietnam-Demos, sympathisierten mit Wolfgang Neuss und seiner Kritik an den Freiheitsglocken des Tagesspiegels für Vietnam-Piloten der USA.

Der Tod von Benno Ohnesorg im Sommer 1967 bei einer Demo gegen den Schah vom Iran ließ uns ein erstes Mal an der Geltung unserer Bürgerrechte zweifeln.

Dann kam das Jahr 1968.

Am 4.April wurde Martin Luther King ermordet. Ich hatte ihn 1964 in der Berliner Waldbühne erlebt, als Bischof Dibelius für alle Westberliner Kirchengemeinden Busse organisieren ließ, so dass ein großes Auditorium zusammenkam, King zu uns sprach und wir gemeinsam das Vaterunser mit einer westindischen Calypso-Musik sangen.

Wenige Wochen nach dem Mord an dem großen Kämpfer für Bürgerrechte und gegen Rassismus und Ungerechtigkeit wurde in der Westberliner Gropiusstadt eine neue Kirche geweiht, und man gab ihr den Namen Martin Luther King.

Zehn Tage nach diesem Mord war Ostern. Am Gründonnerstag wurde am Kurfürstendamm Rudi Dutschke  angeschossen, einer der bekannten Wortführer der Studenten.

Der Mord und der Mordversuch erschütterten uns und erinnerten zugleich an den Tag des Kennedy-Mords. Da konnten wir nicht gleichgültig bleiben.

Im SFB, im Radio, gab man damals noch spontane Demo-Aufrufe bekannt. Am Abend versammelten wir uns vor dem Springer-Haus in der Koch-Straße.

Die studentische Öffentlichkeit rechnete den Zeitungen dieses Konzerns einen Schuld-Anteil zu, so auch Wolf Biermann in seinem Lied „Drei Kugeln auf Rudi Dutschke".

Demonstranten trugen Transparente mit Aufschriften wie: „BILD hat mit geschossen".

Wir sahen aus der Nähe, wie der Rechtsanwalt Horst Mahler in die Drehtür des Zeitungshauses gedrängt wurde – anscheinend gegen seinen Willen. Einmal dreht die Tür mit ihm nur durch und er war gleich wieder draußen, dann schob man ihn wohl in den Innenraum des Hauses.

Das war Hausfriedensbruch und der Beginn seiner kriminellen Entwicklung, zugleich das vorläufige Ende seiner Anwaltstätigkeit.

Während dessen begannen Unruhen auf der anderen Straßenseite, wo Lieferwagen abgestellt waren. Dann sahen wir dort Flammen. Das verstanden wir so wenig, wie die Geschichte mit Mahler. Wir erklärten uns das später mit agents provocateurs, von irgendwelchen Geheimdiensten bezahlte Menschen, die alle studentischen Aktionen als Gewalt- und Terrormaßnahmen verunglimpfen sollten.

Bei Vietnam-Demos haben wir oft Menschen am Steine-Werfen gehindert, zuerst mit Worten und Argumenten; wenn das nicht half, haben wir denen auf die Hände getreten, wenn die Steine aus dem Pflaster lösen wollten.

Am Gründonnerstag in der Koch-Straße kamen dann Wasserwerfer. Die Polizei rief auf, auseinander zugehen, was bei einer von tausenden Menschen überfüllten Straße für die allermeisten unmöglich ist. Wir standen nahe der polizeilichen Sperrkette, redeten mit den Polizisten und drängten uns nahe an sie heran, als der scharfe Wasserstrahl in unsere Richtung zielte. Die Polizisten waren nett, akzeptierten unser Verhalten – wir fragten sie, wie wir der polizeilichen Aufforderung folgen sollten, wenn es nirgends einen Ausweg gab. Die polizeiliche Absperrkette blieb untergehakt und ließ niemanden durch. Nach einiger Zeit fuhren die Wasserwerfer weiter, wir waren ziemlich trocken geblieben, verabschiedeten uns von der Sperrkette und gingen nach Hause.

Ich war damals schon Vikar, hatte mein erstes theologisches Examen hinter mir und am Karfreitag Gottesdienst zu halten.

Stefan wollte sich auf seinen Journalisten-Beruf vorbereiten und deshalb weiter die Demos beobachten. Der Platz vor dem Schöneberger Rathaus heißt heute Kennedy-Platz, früher Rudolf-Wilde-Platz. Dort sollte am Nachmittag eine Demo enden und Stefan wollte dort warten, was da geschehen würde. Der Zug besetzte die Fahrbahnen, die Polizei rief auf, die Straßen frei zu machen. Stefan erzählte später, dass er mit anderen Passanten auf dem Gehweg an der Ecke Belziger Straße stand. Die Straße selber war mit einer Polizei-Kette abgesperrt. Er fragte da Polizisten, die in der Kette an der unmittelbaren Hauswand standen, ob sie nicht die Passanten durchlassen könnten. Das wurde spontan erlaubt, und etwa 20 Menschen, die natürlich keine Demonstranten waren, konnten sich durch eine kleine Lücke entfernen. Stefan, der diese spontane Regelung ausgehandelt hatte, ging als letzter. Auch er war ordentlich angezogen, er hatte seine Gründe, nicht als demonstrierender Student eingeschätzt zu werden. Er hatte die Engstelle passiert und lief hinter den anderen Passanten her, als er plötzlich hinter sich Geräusche hörte. Während er sich umdrehte, um danach zu sehen, bekam er einen Polizeiknüppel auf den Kopf.

Im Krankenhaus sah er, dass die Demonstranten, die auf der Straße gesessen hatten und dort geschlagen wurden, den Hieb auf den Haarwirbel bekommen hatten. Er hatte seine heftig blutende Wunde oberhalb der Schläfe – er hatte im letzten Augenblick den Kopf gedreht.

Er erzählte später, er sei dann sofort stehen geblieben und habe die Polizisten gefragt, warum sie ihn nun nach und trotz der Absprache geschlagen hätten. Er bekam keine Antwort. Stattdessen sammelten sich um ihn etwa 10 Polizisten mit Knüppeln in der Hand. Die bedrohliche Situation löste ein älterer Polizist, der Stefan am Arm nahm und zu einem der vielen bereit stehenden Krankenwagen brachte. Auch er gab keine Antwort auf Stefans Fragen nach dem Warum.

Im Auguste-Viktoria-Krankenhaus wurde er genäht und lief dann einige Tage mit einem Kopfverband herum, der an einen weißen Turban erinnerte.

Er erwog, bei der Polizei Anzeige gegen unbekannt wegen Körperverletzung zu erstatten. Wir diskutierten dies gemeinsam mit Bekannten, die Verbindung zu einem Staatsanwalt hatten. Der riet dringend davon ab. Die Polizei würde mit einer Anzeige wegen Widerstand gegen die Staatsgewalt kontern. Die würden die Zeugen finden, die uns für unsere Anzeige natürlich fehlten. So ließ Stefan das.

Die Wunde am Kopf heilte nach wenigen Tagen. Sein Vertrauen in unseren Rechtsstaat bekam einen „Knacks", von dem er sich nicht wieder erholte.

Er hielt die Polizei seit dem für eine militaristische Organisation, die außerhalb unserer Rechtsordnung steht. Die können machen, was sie wollen, frei von jeder Kritik oder Kontrolle. Man tut sehr gut daran, ihr aus dem Weg zu gehen. Alles Gerede von Demokratie, Grundgesetz, Menschenrechten und ähnlichem war ihm im Zusammenhang mit unserem Staat danach suspekt. Er zeigte sich vorübergehend als der Radikalste der Radikalen.

Im August 1968 beendete die Sowjetunion den „Prager Frühling", viele sprachen vom Sozialismus, einer von sowjetischen Gnaden schien aber auch uns wenig reizvoll.

Stefan hatte bei seiner Übersiedlung nach Westberlin seinen alten Reisepass behalten, den er noch aus seiner Zeit mit dem Wohnsitz in Hannover bekommen hatte. Mit dem konnte er nach Ostberlin, also in die DDR, besuchsweise für einige Stunden des Tages einreisen. Dafür musste man 25 D-Mark in DDR-Mark umtauschen und ausgeben. Man ging sehr günstig essen, wenn man ein Restaurant fand, etwa das Operncafe unter den Linden. Man fand gelegentlich interessante Bücher oder auch Schallplatten. Vielmehr kaum.

Er wurde mit Menschen von der Humboldt-Uni bekannt. Die hatten von den 68er Studenten den Eindruck von Krawall-Machern, von wild gewordenen Halbstarken. Für sie begann der Mensch beim Arbeiter, zumindest, wenn es um Demonstrationen oder wirtschaftlichen Widerstand gegen ein kapitalistisches System gehen sollte.

Da musste Stefan ja nun auch wieder passen.

Bald begannen dann in Westberlin und Westdeutschland die „Bader-Meinhof"-Aktionen, die „RAF", die „Rote-Armee-Fraktion".

Da hielten wir uns natürlich zurück, damit wollten wir nichts zu tun haben.

Wir hatten im Zweifel den Steine-Werfern auf die Finger getreten.

Wir waren für freie Meinungsäußerungen, für Diskussionen, für die Gewalt von Worten.

Wenn man Steine ablehnt, dann schießt man auch nicht auf Menschen.

Das Gewaltmonopol des Staates haben wir nie in Frage gestellt.

Stefans Kritik an der militaristischen Polizei bezieht doch ihr relatives Recht gerade daraus:

Wenn der Staat das Gewaltmonopol hat, muss er doch auch dafür sorgen, dass dieses Monopol nicht willkürlich missbraucht wird.

Nur dort bleibt dieses Gewaltmonopol des Staates völlig unangefochten, wo es nachvollziehbar und gerecht gehandhabt wird und wo man das ohne weiteres persönliches Risiko gerichtlich überprüfen lassen kann.

Ich möchte hier noch eine Bemerkung zu der Vermutung einer Beteiligung von agents provocateurs machen:

Wir lasen damals in der Zeitung, dass bei einer Demo ein schwarzer Sarg von acht Demonstranten mitgetragen wurde – zum Zeichen der Beerdigung oder des Ablebens der Menschenrechte oder vergleichbarer Angelegenheiten.

Wenig später mussten diese Zeitungen aber auch berichten, dass einer der acht Träger ein bezahlter Mitarbeiter des Verfassungsschutzes war, der auch die Idee zu dieser Aktion eingebracht hatte – wir Studenten und sympathisierenden Demonstranten mussten damals mit sehr vielen Dingen rechnen, die unvoreingenommenen Beobachtern vielleicht absurd erscheinen mögen. Wer hier gleich von pathologischen Verschwörungstheorien spricht und damit alles unter dem Teppich kehren will, möge bitte vorsichtig sein – Westberlin war ein Dorado für die Geheimdienste aus aller Welt.

# 24

Aus den genannten Gründen will ich hier auf persönliche und berufliche Details von Stefans weiterem Leben nicht weiter eingehen. Nur so viel: Er fand seinen Weg und auch Gelegenheiten, seine Meinung und seine Überzeugungen auf seine Art medial zu äußern.

Er war natürlich ein Bewunderer von Egon Erwin Kisch, dem „rasenden Reporter" der zwanziger Jahre.

Dessen kommunistische Parteinahme konnte und wollte er so nicht nachvollziehen.

Kischs Leben als heimatloser Jude zwischen Prag, Berlin, Mexiko und Australien über Russland, China und den USA klingt ja auch nicht sehr verlockend – eben das eines Weltbürgers, der nirgendwohin wirklich gehört.

Wenn man das Manuskript von Stefans Großonkel gelesen hat, versteht man die Sympathie für Menschen, die ihre Grenzen überwinden und in Frage stellen – dies nicht nur im Urlaub als Touristen, sondern aus grundsätzlichen Überzeugungen mit Auswirkung auf das alltägliche Leben des Menschen.

Die Geschichte der ,Münster' befreite Stefan zu einem überlegenen Standpunkt.

„Gebt mir einen festen Punkt außerhalb der Erde und ich hebe sie aus den Angeln", soll ein griechischer Physiker vor mehr als 2000 Jahren gesagt haben.

Ähnliches gilt wohl auch für die Beurteilung politischer Verhältnisse. Man muss dafür einen Punkt finden über allen Systemen, der uns den besten Überblick verschaffen kann. Sein Großonkel hat Stefan da auf seinen Weg gebracht, frei von nationalen Ressentiments, blendendem Populismus und verdummenden Ideologien.

Stefan selber würde hier einwenden, dass nicht alle Ideologien die Menschen verdummen, aber in der Frage ist eben große Vorsicht geboten.

Irgendwann kam dann das Jahr 1989.

Stefan war in Europa und anderswo in der Welt unterwegs gewesen. Er erzählte von Begegnungen mit Kollegen aus aller Herren Länder, aber auch mit Diplomaten und hauptberuflichen Politikern.

So sprach er nach den Pekinger Ereignissen auf dem „Platz des himmlischen Friedens" mit einem DDR-Vertreter und fragte ihn: „Was werdet ihr denn machen, wenn es bei euch losgeht?"

Der wiegelte ab: „Das kann bei uns nicht passieren. Zwischen der DDR-Bevölkerung und ihrer Regierung herrscht ein viel zu gutes Verhältnis."

Stefan erzählte später, er habe dem geantwortet: „Ihr habt doch euren Staat auf den Bajonett-Spitzen der Roten Armee errichtet. Was macht ihr denn, wenn Gorbatschow die Bajonette senken lässt?"

Da habe der Gesprächspartner nur verstört abgewinkt: „Das ist doch völlig unmöglich."

Dann fiel am 9.November 1989 die Berliner Mauer.

In der Zeit bekam Stefan die Gelegenheit für ein Gespräch mit einem Mitarbeiter der russischen Botschaft in Deutschland.

Stefan fragte ihn nach Gorbatschows politischen Zielen: „Ich freue mich ja über die Grenzöffnung. Aber seid ihr euch denn nicht bewusst, dass daraus die deutsche Wiedervereinigung folgt? Ihr werdet dann doch die NATO bis an eure Grenzen bekommen. Wenn die DDR zur Bundesrepublik wird, dann wird sich Polen, aber auch die baltischen Staaten von Russland abwenden – ihr verliert doch so alles, was ihr bis 1945 unter Stalin erreicht habt. Ihr verliert nachträglich euren Hitlerkrieg, den ihr seinerzeit mit großen Opfern gewonnen habt. Wie kann man Gorbatschows Verhalten in Russland verstehen oder erklären?"

Der Diplomat reagierte sehr heftig. „Die DDR wird bleiben. Sie wird sich reformieren, aber als eigener Staat bestehen bleiben. Damit entfallen auch alle weiteren Vermutungen."

Stefan widersprach: „Ich möchte wetten, dass wir in spätestens zwei Jahren die deutsche Wiedervereinigung haben. Ich kenne den Bundeskanzler Kohl gut genug. Ich bin sicher, dass der alles tun wird, um dieses Ziel zu erreichen."

Der Russe hielt gegen: „Solch eine Wiedervereinigung würde viel zu teuer, das kann niemand bezahlen. Wenn Sie wetten wollen, bin ich dazu bereit. Ich bin sicher, dass es absehbar nicht zu einer deutschen Vereinigung kommt. Ich biete für solche Wette eine Flasche Schampanskoje."

Stefan akzeptierte: „Für Kohl spielt Geld im Zusammenhang einer deutschen Wiedervereinigung keine Rolle, das lässt er bezahlen, auch wenn er dafür viele weitere Schulden macht. Das Geld dafür wird er drucken lassen.

Also: Kommen wir zu einer Wette: Wenn wir bis zum 30.11.1991 keine deutsche Wiedervereinigung haben, liefere ich solch eine Flasche. Im andern Fall bekomme ich eine."

Darauf gab man sich die Hand, wenige Monate später, lange vor Ablauf der Frist, erhielt Stefan seinen Wettgewinn.

Mit der Wette war aber das Gespräch noch nicht beendet. Stefan beharrte auf seinen Fragen, wie Russland sich für den Fall des Falles seinen Umgang mit den westlichen Nachbarn vorstellen wollte.

Der Diplomat tat sich schwer: „Eine solche Entwicklung will natürlich niemand von uns. Wir hoffen auf ein friedliches Miteinander."

Stefan schob die nächste Frage nach: „Friedliches Miteinander, auch wenn die NATO an der russischen Grenze steht?"

„Wir werden alles tun, um das zu verhindern." So der Diplomat.

„Wie will man die Polen hindern, in die NATO einzutreten?" fragte Stefan weiter.

Der Diplomat wand sich, unwillig kam die Äußerung: „Da weiß ich auch nicht weiter, das müssen wir vermeiden."

Stefan erzählte später, dass er – halb im Scherz – noch den Vorschlag einwarf: „Dann muss eben Russland auch NATO-Mitglied werden."

Darauf reagierte der Gesprächspartner nur noch mit einer wegwerfenden Handbewegung.

Zu mir sagte Stefan dann bei seiner Erzählung, dass er bei dem letzten Vorschlag auch im Blick hatte, dass eine NATO, der auch Russland angehören würde, natürlich einen völlig anderen Charakter bekäme. Aber darüber wurde nicht mehr gesprochen.

Bald danach wurde Stefan krank. Alles andere trat für ihn hinter der Sorge um seine Gesundheit zurück.

Im Jahre 2003 standen wir, seine Familie und seine Freunde, am Grabe und nahmen Abschied.

# 25

Bald darauf übergab mir Karin das Manuskript. Sie erzählte von Stefans Großonkel und Stefans Zögern, sich rechtzeitig mit der Veröffentlichung zu beschäftigen.

Ich fragte nach dem Großonkel. Karin erinnerte sich nicht mehr genau, sie meinte der sei wohl um das Jahr 1970 in Chile verstorben.

Eines wollte sie aber noch ergänzen: In den Erinnerungen sei Laboe nicht erwähnt:

Als der Großonkel sich damals in Hannover aufhielt, bat er eines Tages seinen Neffen, mit ihm nach Laboe zum Marine-Ehrenmal zu fahren. Davon hatte er gelesen oder gehört und war neugierig.

So fuhren sie wenig später zu dritt – Stefan wollte natürlich unbedingt dabei sein – mit dem Auto über Hamburg und Kiel an die Kieler Bucht, nach Laboe.

Dort hat man in den zwanziger Jahren ein Ehrenmal errichtet, das zugleich auch ein Marine-Museum ist.

Stefan beeindruckten die vielen Schiffsmodelle, die Schlachtskizzen, die Fahnen und der Gesamteindruck, nicht zuletzt die Bugzier der ,Pommern', ein vergoldetes Wappen, das vor der Skagerrak-Schlacht und dem Untergang des Schiffes im Hafen geblieben war und das nun dort im Ehrenmal zum Totengedächtnis aufgehängt ist.

Gerhard Hartmann nahm alles mit Interesse zur Kenntnis. Er sah darin einen Ausdruck des preußischen Militarismus in einer Marine-Ausführung, also die Ideologie, der er mit seiner Entscheidung ausgewichen ist, nach 1918 in Chile zu bleiben und nicht nach Deutschland zurückzukehren.

Karin erzählte weiter, dass Stefan später immer wieder mal dieses Ehrenmal in Laboe besichtigt hat, wenn er beruflich oder anderweitig in oder bei Kiel zu tun hatte.

Einmal hat sie ihn dabei begleitet. Der hohe Ziegelturm in der Form des Bugs eines alten Linienschiffs hat auch sie beeindruckt. Im Inneren des großen Hohlkörpers steigt man eine Treppe hoch, die an eine der Wände gebaut ist. Menschen, die nicht schwindelfrei sind, bekommen da leicht Schwierigkeiten.

Sie erinnerte sich, dass damals dort der Heimatwimpel des Hilfskreuzers ‚Wolf‘ aus dem Jahre 1917 aufgehängt war, eine etwa 50 Meter lange Fahne, die das Schiff bei seiner Ankunft in Kiel gesetzt hatte.

Von oben hat man einen herrlichen Blick über die Kieler Bucht. Das eigentliche Ehrenmal und die Ausstellungsräume habe sie nur oberflächlich beachtet – das lag außerhalb ihres engeren Interesses.

Soweit Karin.

Bevor ich ernsthaft an die Veröffentlichung ging, wollte ich mir auch da einen persönlichen Eindruck verschaffen und fuhr nach Laboe.

Das Ehrenmal beherrscht optisch den Badeort. Ein Fischerdörfchen hat sich touristisch herausgemacht: Hotels, Pensionen, Restaurants, Andenken-Läden und ähnliches.

Am Strand vor dem Turm hat man ein U-Boot aus dem Krieg aufgebockt, ein VII C-Boot in dem Zustand von 1944.

Am Heck hat man ein Loch in den Rumpf geschnitten, durch das Besucher das Innere betreten. Im Gänsemarsch kann man Alles besichtigen, vorn am Bug gibt es eine entsprechende Öffnung, das Boot zu verlassen. Der ursprüngliche Zugang durch den Turm ist verschlossen – der Weg wäre Besuchern nicht möglich. Die engen Schott-Durchgänge von einer Abteilung des Bootes zur nächsten sind nicht besonders bequem, aber zumutbar.

Man kann die Torpedos erkennen, deren Rohre hinten und vorn, den Dieselmotor, diverse Hebel und Räder, Ventile, Anzeigen, Kojen, die Zentrale und einzelne sehr kleine Nebenräume. Man kann es sich nur schwer vorstellen, dass und wie in solchen Booten die knapp 50 Mann Besatzung es Wochen oder Monate ausgehalten haben. Auch ohne Feindbedrohung erscheinen unterschiedliche Wetterlagen, Stürme, Eiszeiten und ähnliches unzumutbare Lebensbedingungen darzustellen.

Steigt man dann die Stufen zum Ehrenmal empor, stößt man auf ein imposantes Modell der ‚Prinz Eugen'. Das war das letzte größere Schiff der Nazi-Marine, das den Krieg einigermaßen unversehrt überstanden hatte. Die USA haben es später bei Atom-Versuchen im Pazifik zerstört und versenkt.

Im Turm gibt es immer noch die angesprochene Treppe, daneben aber bringt ein Fahrstuhl ohne Schwindel die Menschen auf die Besichtigungsplattform. Das U-Boot, das Laboer Strandleben und der lebhafte Schiffsverkehr in der Kieler Bucht liegen von oben gesehen vor Augen, beeindrucken durch den anderen Blickwinkel und lohnen schon deswegen den Ausflug.

In den Ausstellungsräumen hat man die Zahl der vielen älteren Modelle wohl deutlich reduziert. Neben den Exponaten aus der Zeit der Weltkriege wird auch anderes berücksichtigt, also etwa die Jahrzehnte der Bundesmarine.

Aber es gibt z.B. noch ein sehr schönes Modell eines der beiden Spee'schen Panzerkreuzer mit seinen vier Schornsteinen in der entsprechenden Kolonial-Farbgebung von 1913.

Offensichtlich hat hier eine gewisse Museums-Pädagogik gewirkt. Die Zeit ist nicht 1945 stehen geblieben. Man kann nun den Eindruck gewinnen: Militär, Marine – Ja; Militarismus, Anspruch auf weltweite Seegeltung – Nein.

Ob diese Veränderung Menschen wie Gerhard Hartmann oder seinem Kommandanten der ‚Münster' ausreichen würde, lassen wir offen.

Aber die Entwicklung ist unübersehbar und zu begrüßen.

Ich fand einen Raum, in dem alle Fahnen gezeigt werden, unter denen im Laufe der Geschichte deutsche Kriegsschiffe auf den Meeren unterwegs waren. Das geht von den Zeiten des Großen Kurfürsten Ende des 17.Jahrhunderts über die deutsche Bundesflotte von 1848, die der kaiserlichen oder der Nazi-Marine bis hin zu den Fahnen der Bundesmarine und der der DDR.

Ja, die DDR hatte auch eine Marine, vielleicht die einzige deutsche, die keinen scharfen Schuss auf irgendwelche feindlichen Schiffe abgegeben hat.

Mancher wird das damit kommentieren, dass diese Marine ja nicht viel mehr als eine coast gard, eine Küstenwache, war. Solche Küstenwache ist in der Regel zugleich nach innen gerichtet und nach außen.

Ihre Leitung kam offensichtlich mit ihrer Logik zu vergleichbaren Ergebnissen wie Friedrich II. in seinem hier zitierten Testament.

Eine solche Marine als Küstenwache findet sich heute in vielen Ländern der Welt.

Kommen solche Marine-Verhältnisse dem nahe, was der Offizier der SMS ‚Münster' Gerhard Hartmann sich vielleicht für eine deutsche Marine früherer Zeiten gewünscht hätte?

# Nachwort

Romane brauchen in der Regel kein Nachwort. Denn darin wird nur erklärt, was sich für aufmerksame Leser von selbst ergibt.

So habe ich gezögert, hier ein Nachwort anzufügen.

Beim Roman „SMS Münster" dürfte es jedem Marine-Interessierten und einigermaßen Kundigem gleich auffallen, dass es einen „Kleinen Kreuzer SMS Münster" in der kaiserlichen Marine nie gegeben hat.

Aber ich möchte solch einen Leser nicht mit dieser Erkenntnis allein lassen, sondern für den Befund Gründe anführen, mögen die nun überzeugen oder auch nicht:

Der Verfasser hat sich dieses Schiff – in der Freiheit, die ein Roman bietet – ausgedacht, um die Dinge deutlich werden zu lassen, die ihm entsprechend am Herzen liegen. Er sieht sich da durchaus in einer gewissen Tradition der Marine-Literatur:

Alistair MacLean hat in seinem Roman „Die Männer der Ulysses" die alliierten Eismeer-Kämpfe in Erinnerung rufen wollen. Dabei hat er das Schicksal eines erdachten Kreuzers der ‚Dido'-Klasse ausgemalt, von der die britische Marine etwa 16 Schiffe hatte (einschließlich der 5 ‚Bellonas' und der 2 ‚Scyllas'!). Sie hatten überwiegend Namen der griechisch-römischen Tradition, aber keiner davon hieß ‚Ulysses'.

Bekannter noch ist Herman Wouk mit dem Roman „Die Caine war ihr Schicksal" aus dem Jahre 1951. Das Buch wurde verfilmt, es gab auch eine Bühnen-Fassung, ein Theaterstück.

Wouk beschreibt die ‚Caine' als einen der über 200 us-amerikanischen Vierschornsteinzerstörer, alle gebaut in den Jahren 1917 bis 1920, die großenteils auch im Zweiten Weltkrieg in den alliierten Marinen eingesetzt wurden. Keiner von diesen allen hieß ‚Caine'. Wouk erklärt seine Meuterei-Geschichte als frei erfunden – in der US-Marine hätte es im ganzen Zweiten Weltkrieg keine solche Meuterei gegeben.

Im Jahre 1975, also Jahrzehnte später, veröffentlichte Clay Blair Jr. seine Beschreibung des U-Bootkriegs der USA unter dem Titel „Silent Victory" – das Buch ist meines Wissens bisher nicht ins Deutsche übersetzt.

Der Verfasser, der in deutschen Marine-Kreisen durch seine zweibändige Untersuchung „Der U-Boot-Krieg" – im Original „Hitler`s U-Boat-War" von 1996 – bekannt geworden ist, beruft sich ausdrücklich auf die ‚Caine'-Geschichte und berichtet von dem U-Boot „Batfish", dessen Kapitän von seinen Offizieren während einer Einsatzfahrt im Jahre 1944 abgelöst wurde. Der Mann wird mit „unstable" beschrieben, also wohl mit „labil", brach Angriffs-Aktionen vorzeitig ab oder vermied solche Situationen von vornherein – die Fantasie des Lesers erinnert sich an Wouks Roman-Schilderungen des Kapitän der ‚Caine'.

Deutlich wird daran, dass fantasievolle Romane die Wirklichkeit durchaus so beschreiben können, dass Beteiligte sich darin wiedererkennen.

Zu erdachten Schiffen und erdachten Schicksalen derselben greifen Autoren wohl deshalb gerne, weil sie da für ihre Gestaltung die nötige Freiheit haben – die gut bekannten Marine-Einsätze des 20. Jahrhunderts sind weitgehend erforscht und beschrieben, ihre Zahlen sind überschaubar. Die verantwortlichen Offiziere sind der Person nach bekannt.

Wer will sich schon mit „historischen Tatsachen" bzw. dem anlegen, was mancher Leser darunter zu verstehen meint?

Da ist es eben einfacher, in das Feld der romanhaften Freiheit auszuweichen, dort die Dinge so darzustellen, wie man sie selber meint sehen zu sollen – mag das die Leser auch unterschiedlich ansprechen.

So schildert dieser Roman den Kleinen Kreuzer ‚Münster', ein Schiff einer Art, von der es in der kaiserlichen Marine etwa 10 Exemplare gab, die alle Namen deutscher Städte führten.

Im Roman erinnert sich der Erzähler Gerhard Hartmann an das Jahr 1914. Er war damals ein junger Leutnant. Andere Offiziere gaben auf dem Schiff den Ton an, dies durchaus nicht unisono.

Ihn beeindruckte sein Fregattenkapitän, der sich von einem Standard-Bild eines preußisch-kaiserlichen Offiziers – je nach Sicht des Betrachters – vielleicht doch recht deutlich unterscheidet.

Er erlebte eine Freiheit, eine Unabhängigkeit, die den Blick weitet. Den Blick auf die Welt, die Welt der Südsee und die Südamerikas, aber eben auch der Blick auf die deutsche Geschichte, wie sie verlief, von wo sie herkam und wie man die damit verbundenen Pläne und Hoffnungen zum Scheitern brachte.

Das alles wurde dem jungen Leutnant vermittelt. Er schaut darauf zurück und akzeptiert dies als eine entscheidende Weichenstellung seines Lebens, die ihm ein neues Leben erschloss.

Dies Leben erscheint hier vor der tatsächlichen deutschen Geschichte als eine klare Alternative. Im Zusammenhang damit werden Erkenntnisse deutlich, die für die Geschichte der Bundesrepublik bis heute ihre Bedeutung nicht verloren haben.

Die Jahrzehnte der letzten hundert Jahre sind in ihrer jeweiligen Begründung und dem daraus erfolgenden Verlauf keineswegs nur eine logische Folge einer bestimmten Ausgangssituation. Stattdessen gab es hier Auseinandersetzungen und Weichenstellungen, Diskussionen und Kämpfe, die uns dahin gebracht haben, wo wir uns heute befinden.

Der Roman will zeigen, wie breit die Alternativ-Möglichkeiten dabei zu sehen sind.

Wenn das Nachwort sich bisher vor allem an die Leser wandte, die sich mit Marine-Angelegenheiten intensiver befasst haben, dann will ich hier noch einige Sätze an die Menschen richten, für die diese Dinge mehr oder weniger Neuland sein mögen.

Ich will einmal meine Quellen nennen, dann aber damit auch Hinweise geben, wo und wie sich interessierte Menschen einschlägig weiterinformieren können:

Über die Schiffe der Marinen der Welt informieren die alle paar Jahre neu erscheinenden Ausgaben des Weyer, „Taschenbuch der Kriegsflotten", erschienen seit Beginn des 20. Jahrhunderts.

Darüber hinaus findet man die Daten deutscher Schiffe bei Gröner, „Die deutschen Kriegsschiffe 1815 – 1945".

In der Reihe „Marinearchiv" ist 1931 ein Band erschienen mit dem Titel „Der Kreuzerkrieg 1914 – 1918". Hier finden sich die Hintergründe der eigentlichen Roman-Handlung.

In derselben Reihe gibt es einen Band „Der Nordseekrieg" mit einer Beschreibung der Skagerrak-Schlacht. Zu diesem Ereignis gibt es aber auch eine lange Reihe von Einzeldarstellungen deutscher und englischer Verfasser.

Zu den Kreuzern und Hilfskreuzern sind etliche Monografien erschienen.

Hier sei ausdrücklich auf die der „Emden" von v.Mücke hingewiesen,

ebenso auf v.Luckners „Seeteufel"

und von R. Alexander „451 Tage..." der ‚Wolf'.

Besonders informativ ist das Buch von M.T.Parker de Bassi „Kreuzer Dresden".

Die Gefechte zwischen Türken und Griechen im Jahre 1912 sind beschrieben in D. Nottelmann „Die Brandenburg-Klasse".

Viele weitere Details habe ich einer langen Liste weiterer Bücher sowie den entsprechenden Wikipedia-Artikeln entnommen.

Allen Verfassern sei hiermit ausdrücklich gedankt.

Ulrich Krumin

Zeitfracht Medien GmbH
Ferdinand-Jühlke-Straße 7
99095 Erfurt, Deutschland
produktsicherheit@kolibri360.de